新　潮　文　庫

だってバズりたいじゃないですか

喜友名トト著

新　潮　社　版

11841

だって
バズりたいじゃ
ないですか
I just want to go viral,
you know?

1

夏祭りの夜。りんご飴を手にした子ども、浴衣を着た女性、楽しそうな人々。その脇をぬうようにして少年が走る。必死の形相だ。

やがて少年がたどり着いた川辺には、少女がいた。少女は少年のほうを振り返り、何かを囁く。空には大輪の花火が上がり、二人の影が川辺に伸びる。二つの影は少しずつ近づいていき、重なる。

次々に上がる大輪の花火が夜空を彩り、その下で抱きしめあう二人の姿を照らす。少女の瞳から雫がこぼれ、それが彼女の頬を伝う。少年はその雫を拭う。

どういう状況なのかわからないが、とにかく美しく感動的にみえるように描かれたのであろうクライマックスシーン。そこに、この映画のタイトルが重なった。

『セツナイ恋の物語』

鈴木秋都が、幾度となく目にしてきた同じ映画の宣伝映像。何度目かもわからない今回は、コンビニのレジ上にあるモニタから流れてきた。別に努めてそうしたわけではないが、この宣伝映像の続きも覚えてしまっている。これから主人公とヒロインを演じた俳優のクレジットが入り、さらにそのあとはキャッチコピーが挿入されるのだ。

『切なすぎる結末を迎えた、感動の実話』

くだらない。

『その恋に、日本中が涙した』

バカらしい。

現実よりも精密で美しいとされているアニメの宣伝動画。そして聞こえてくるキャッチコピーや声優たちの声。興行収入何十億突破というアナウンス。イヤでも目に入り、耳に染みこんでくる。

レジでコーヒーを待っている秋都は、もう二度とこのコンビニには立ち寄らないことを決めた。本当は、今すぐ立ち去りたいくらいだが、注文したコーヒーが手渡されるまではそれもできない。そして、よりによって今日の店員は新人らしき外国人で、コーヒーを淹れるのに手間取っている。

「ミルクとサトウ、いりマスカ？」

ようやくコーヒーを準備できたらしい店員の問いかけに、秋都はなるだけ丁寧に返事をした。そう努めなければ、失礼な受け答えをしてしまいそうだったからだ。

「いえ、いりません。ありがとうございます」

この店員には罪も悪気もなく、ただ真面目に仕事をしているだけだ。コーヒーを淹れるのが遅かったのも仕方ないことだし、それは責めるようなことではない。

コーヒーを受け取った秋都はレジに背を向けて歩き出したが、それでも映画の宣伝は秋都の聴覚を離さなかった。

余命一年の彼女と知り合った僕がどうだこうだ。

最後の日々をどうのこうの。

僕は、君のことを！

私は、最後に貴方と会えて……！

宣伝の中の主人公とヒロインは大騒ぎだ。主人公は一人称が僕で、内気ながら繊細で、クラスになじめない少年。ヒロインは病で余命いくばくもない、儚げでピュアな少女。二人は美しい偶然によって出会い、ともに過ごし、しかし最後はヒロインが死んでしまう。その死を乗り越え、前を向き歩き始める主人公。

泣ける。佃煮にするほど多いタイプの青春ストーリー。だが、この映画は大ヒットしている。流麗な映像、エモーショナルな音楽、人気声優、エンドロールで流された生前のヒロイン本人の映像。いろいろな理由があるが、最大の要因はただ一つ。これが三年前に起きた実話であることだ。

だが、秋都は知っている。これはたしかに実話を元にしている。だが、真実は違う。

あいつはピュアで儚げなんかじゃなかったし、やたら元気で自由で、しかもとんでもない嘘つきだった。

二人の出会いにはあまり綺麗ではない背景があった。

俺は自分のことを僕なんて呼ばないし、あんなキャラじゃない。そして、あいつの死を乗り越えて前に向かって歩き始めてなんて、いない。

感動の実話という触れ込みの映画『セツナイ恋の物語』とやらは、本当はあんな話じゃなかった。

「アリガトウゴザイマシター」

秋都は背後から聞こえてきた店員の言葉に振り返り、軽くお辞儀をして応え、コンビニを出た。春の並木道を歩き大学へと向かう。歩きながら、やたらと苦いコーヒーを一口する。

「あの映画、早く上映終わらないかな……」

つい、そう口にしてしまう。

今は亡きヒロインの母親、一ノ瀬牡丹がプロデューサーを務め、残された主人公から許可を得て、国民的映画監督の手によってエモい大作アニメになった、過去の話。

みんな大好き感動の実話。美少女が死ぬ系の物語。

そうなんだろうな、というのはわかる。だが、秋都は好きではないし、それで当然だと思っている。生まれついての皮肉屋だからでも、経験に熟成されたひねくれ者だからでもない。もっとシンプルな理由だ。

俺はあの映画が好きじゃない。

だってあれは、俺の話だから。

*

並木道を抜けて、通っている芸大の正門に入る。今日は二限目に色彩学の講義が入っていた。映像学部棟は正門から遠く、そこまではさらに歩かなければならない。

都内にしては広々とし、緑も豊かなキャンパスを持つ東京総合芸大。もちろんそこにはたくさんの学生たちがいる。キャンパスを歩く秋都は彼らの多くから無遠慮な好奇の視線を受けた。ああいうのは、向けられるほうは意外と気が付くものだということを、秋都はもう知っている。

「ほら、あの人……。『セツコイ』のモデルの……」

「本名そのままなんだって」

「いつも一人でいるけど、やっぱりまだ……」

「脚色してるんじゃね？　映画で金入ったんだろうけど、普通映画化なんてするか……」

「あのエンドロール撮影したヤツ？　めっちゃ美少女だったけど、付き合ってたんかな」

聞こえてきただけでもこれなのだから、おそらくSNS上ではもっといろいろなことが言われているのだろう。今日もスマホのカメラで写真を撮られたし、今頃ハッシュタグ#セツコイ、#本人とかで拡散しているに違いない。

少しはうんざりだが、秋都は実はそれほどこの状況を気にしていなかった。ただ無視している。だから足早にキャンパスを横断して映像学部棟に入る。講義室へ向かうべく、いろいろなことが目に入らないようにして、やたらと急な階段を上っていく。

秋都の毎日は、こうしたものだった。ただ、無感情に、無感動に。倒れないように食事をして、睡眠をとり、数年後職に困らないように映像の知識とスキルを学ぶ日々。

好奇の視線もSNSも、どうでもいいことだ。だから、最初に映画と秋都の関連性を漏らした高校の同級生のこともどうでもいい。彼は秋都のことを友達と言っていたが、そういうことにしたいならすればいい。たとえ実際は一度も話したことのないクラスメートだったとしても。

いろいろなことが、そして何より自分自身がめんどうくさかった。イヤだった。醜く思えた。それはあの映画のヒロインとは全然違う少女だった楓と出会う前から。楓と過ごしている間も、楓が死んだ後も。

あんな約束さえなかったら、俺は今すぐにでも。

「あっ！　見つけた！」

秋都の思考を断ち切ったのは、階段の上のほうから聞こえてきた声だった。幼い子どものように高く、弾んだ声の主は、明らかに秋都を見て言葉を発している。

見上げると、そこにいたのは女性だった。天窓からの陽光が当たる踊り場にいる女性。いや、淡い色のチュニックの似合うその姿は女性という表現よりも女の子、としたほうがしっくりくる。

「鈴木秋都！　……せんぱい、ですよね？」

女の子は急な階段をものともせず軽やかなステップで駆け降りてきて、そう尋ねてきた。フルネーム呼び捨てにしたのち、慌てて先輩と付け足したことから見るに、下級生だと思われる。

「こんにちはー！」

知らない相手に陰からひそひそと噂をされるのには慣れている秋都だったが、このようにして正面から接近されたのは初めてだった。多少、反応に迷う。

「こんにちは。……たしかに俺は鈴木秋都ですけど……」

だったらなんでしょうか。と、続けることはできなかった。彼女の言葉に遮られたからだ。

「あ、すいません。自分から名乗らないとかシツレーですよねー。はじめまして、私は音楽学部二年の胡桃沢千歳（くるみざわちとせ）です！……もしかしたらご存じかもしれませんけど。えへへ」

女の子、あらため胡桃沢はおかしな自己紹介をしてきた。

甘い声色、上目遣いの視線、あざとい言葉遣い、ルックスの良さ。秋都が漠然とイメージする『アイドル』の要素をいくつか持つ彼女は、有名だったりするのかもしれない。

しかし、秋都は知らない。

「いや、存じないですけど」

「ぜんぜんですか？」

「全然」

「少しは見覚えあったり？」

「しないですね」

数秒の間。胡桃沢は耳を赤くして、頬を掻（か）いた。

「恥ずかしーじゃないですか」

「そうですか」

「……先輩って淡々としてますね……」

なんだこの不毛で無意味なやりとりは。秋都は小さくため息をついた。

「はあ。それで胡桃沢さんは……」

「あ、私後輩なので、呼び捨て敬語ナシで大丈夫です！」

「……俺になんか用とか？」

無視して立ち去ってもよいのだが、少なくとも胡桃沢は正面から声をかけてきて、挨拶をして、しかも名乗っている。秋都が用件を訪ねたのは、礼儀の問題である。

「ここじゃちょっと。もうすぐランチの時間だし、ちょっとカフェでもいきません？奢りますから」

東京総合芸大にはいくつかのカフェがある。学内の施設にしてはコーヒーも美味い。が、そこに彼女と行きたいかは別問題だ。それに、秋都の食事は基本的にはカロリースナックとサプリメントだけだ。

「いや遠慮しとくよ」

「なんでですか!?　宗教的信念によるものですか!?」

もともと大きな目をさらに丸くした彼女は、自分の誘いを断る人間がいるということに心底驚いたようだった。

「ゾロアスター教徒だから喫茶は禁じられてるって言えば納得するならそれでいいけど」

「じゃあいいじゃないですかー。ホラホラ、行きましょう。そんなに悪い話じゃないですから！」

胡桃沢は階段をさらに下り、秋都にも続くように促した。もちろん秋都は彼女についていかなかったが、そうすると彼女は不思議そうに振り返ってくる。何故そんなに自信があるのか、さっぱりわからない。

「大体、これから講義があるし」

「私も取ってますけど、CG色彩学なら休講ですよ？　知りませんでした？」

「いや、知らないけど」

たしかに、CG色彩学の担当教授はよく講義を休む。だがそれは講義室の扉に貼られた『休講』の通知書面を見て初めて知ることだ。

「えー？　普通グループチャットとか友達からのメッセージとかで回ってきませんか？」

顎に人差し指を当て、小首をかしげる胡桃沢。たしかに、彼女はそういう相手には不自由しなさそうだ。が、秋都はそうではない。チャットを交わすグループなど一つも入っていないし、友達と呼べる相手は一人もいない。

「……あいにく俺は違うんだよ。じゃあこれで」

「どこ行くんですか？」

「どこでもいいでしょ」

「えー。お話があるんですってば。お願いしますよぉ」

「また今度ってことで」

　秋都はそう言うと階段を下りて胡桃沢を追い抜き、そのまま背を向けて歩き出した。次に彼女が視界に入ったら逃げるつもりなので『また今度』という機会は永遠に訪れない。そもそも、彼女の用件には大体想像がついている。どうせ例の映画について話したいだけだ。どこまで本当なのかとか、そんなところだろう。話す義理はない。

「あ、ちょ、ちょっと待ってくださいよ……！」

　胡桃沢は秋都に続いて階段を駆け下り、なんだかんだと話しかけてくる。

「また今度っていつですか？」

「いつか」

「休講になったんだから今暇ですよね？」

「そうでもないよ」

　振り返りもせずズンズンと歩いていく秋都だったが、胡桃沢もついてくる。まるで、じゃれついてくる小型犬のようだ。そんな不毛なやり取りがしばらく続いたのち、胡桃沢はいい加減諦めたのか、足を止める。

終わったか、そう思った秋都だったが、少し距離の離れた胡桃沢は焦れたように大声を上げた。

「私のMV、撮影してくれませんか⁉」

不意の大声。一瞬、何を言われたのかわからなくて、秋都は反射的に足を止め振り返った。

「は？」

「や、だからですね。えーっと……」

胡桃沢の大声もあり、周囲の他の学生たちの視線が二人に集まる。何事かと、こちらの会話に聞き耳がたてられているのも分かった。

なにか、めんどうくさいことになりそうだ。これが、秋都が胡桃沢千歳と出会った際の、感想である。

＊

注目を避けるために秋都たちが移動したのは、胡桃沢が提案したカフェではなく映像学部棟の空き講義室だった。秋都にとっては、学内で時間ができたときに一人でひきこもるためのスポットの一つである。

　なお、ここに移動するのも大変だった。と、いうのも少し歩くたびに胡桃沢が誰かしらに親しげに、あるいは憧(あこが)れをもって声をかけられていたからだ。それも、好意的な様子で。それらにことごとく明るく手を振って返していた彼女はどうやら、学内における一種の有名人らしい。有名人という意味では秋都も同じだが、その在り方はだいぶ違うようだった。

「で、さっきのはなに？　撮影？」

　講義室の席にかけるやいなや、単刀直入に切り出す。用件は気になったが、別に胡桃沢との会話を楽しみたいわけではなかった。胡桃沢もまた、秋都のそんな内心をやっと理解したのか、隣の席に腰かけ答え始める。

「あ、はい。私、自分で歌を作って配信したり、ライブやったりしてるんですけど」

　なにか自分語りが始まった。しかしおそらくは用件の前置きなのだろうと理解し、秋都は黙って続きを待った。ただ、すぐ隣に座った胡桃沢から、席一つ分離れて座りなおした上で。

「あ、これ！　私のチャンネルです！」

　席を詰めてきた胡桃沢がそういって差し出したスマホには、彼女のものと思われる配信チャンネルが表示されていた。チャンネル名は、『ちーちゃんねる』。チャンネル登録数や再生数は万を超えている。あまり詳しくはない秋都だったが、それはそこそこの人気チャンネルが持つ数字であることくらいはわかった。

　少し予想外だったこともあり、秋都はあらためて胡桃沢を見た。ミルクティー色でふわふわしたセミロングの髪、白磁のような肌質、華やかで目立つ顔立ち、ふわりと柔らかそうな質感のチュニック、あざとくすら見える言動。なるほど、たしかに愛らしいと評価されるであろう人物だ。音楽学科とも言っていたし、自作の歌を配信するというのは、現代の学生であればそれほど珍しい話ではないのかもしれない。秋都にはまるで理解できない行為ではあるが。

「ほら。私って、可愛いじゃないですかー」

　秋都の視線に気が付いたのか、胡桃沢はあっけらかんとそんなことを言った。

「そうなんですか」

「そうなんですよー」

　それがどうした俺に何の関係がある、とは思いつつ、秋都は口をつぐんだ。下手に意見を挟めば話が長くなるだけだ。ただ、とんでもないヤツだ、とは思った。こんなキャラでよく人気者でいられるものだ、とも思う。ここまで堂々とあざとい言動でいると、振り切って悪く思われないのかもしれない。

「だからまーまー、人気あるんですけど。でもこう、全国的にメジャーなインフルエンサーってほどではないんですよね」

「そうなんですか」

「そうなんですよ」

秋都はもう、そうなんですか以外の言葉が思い浮かばなかった。当たり障りなく接しておこう、こんな異常な目立ちたがり屋とは今後二度と関わりたくない。

「あ、そういえば先輩は映画と全然ルックス違いますよね。なんか、実物はこう、やさぐれた芸術家みたいです」

話が飛んだ。おそらくルックスについての話題が出たことで横道にそれたのかもしれない。

たしかに胡桃沢の言う通りなのであろう。映画の中の秋都は真面目な高校生風に描かれていた。しかし、今の秋都は緩いクセのある髪を伸ばして後ろで結っている。こまめに整髪するのが面倒で、これが一番ラクだからだ。不健康なほどに瘦せている。ときどき食事が面倒で、空腹を我慢しているほうがラクだからだ。いつも同じ白のロングTシャツとデニムを身に着けている。服装を考えるのが面倒で、同じものをたくさん買うほうがラクだからだ。

「まあ、どうでもいいですけど。それよりですね。そんなわけで色々やってる私ですが、もう少し人気あげたいな、と思いまして」

「そうなんですか」

「だってバズりたいじゃないですか」

「そうなんですか」

「なので、曲のＭＶを作ろうと思い立ちまして」

「そうなんですか」

「そのＭＶの撮影を先輩にお願いしたく！」

「なんでですか」

　ここがまったく意味不明だった。胡桃沢についてはほかにも意味不明なところもあるが、まずはここを何とかする必要がありそうだ。

「あの映画みたんですよ。セツナイ恋の物語。本編は、まあ、はい、って感じだったんですけど。エンドロールが超エモかったです！　あれ、先輩が撮影したんですよね？」

　胡桃沢は、明るくそう口にした。祈るようにして手を組み、瞳はきらきらと輝いている。どうやら、エンドロールの映像が心に響いた、というのは本心なのだろう。しかし少なくとも世間的には『恋した少女を失った切ない過去を映画化された悲劇の主人公』とされている相手にむける態度ではない。胡桃沢の真意はわからない、ただ、秋都としては、同情されたり、気を使われたり、あるいは邪推されるよりは遥かにラクだった。

「あ、ごめんなさい。無神経でしたかね……」

どうやら、勢い余って、という言動だったらしい。胡桃沢は少しだけ申し訳なさそうな表情を浮かべた。

「いや別に。昔のことだし、それはいいけど」

「それならよかったです。気にしない方向でいきます。で、どうなんですか？」

「あー……」

秋都は言葉を詰まらせた。たしかに、あの映画のエンドロールに使用されていた実写部分は、秋都が生前の楓を撮影した動画だ。楓の母親に頼まれてデータを提供している。

「すごく綺麗に映ってましたよね。ヒロインの人」

胡桃沢は、目を閉じてそう口にした。心の中に、楓の姿を描いたのかもしれない。

「……へぇ」

よかったな、楓。そんなことを、思う。

もともと、あの動画は楓に頼まれて撮影したものだ。余命のことを秋都が知る前から、知った後も、彼女が死ぬまで。一緒に過ごした時間をカメラに収めていき、それを編集した。楓が望む通り、できるだけ色々な場所で、状況で。できるだけ美しく。

光の加減やカメラアングル、ズーム、動き、編集、様々なことにこだわったつもりだ。

映画を撮るつもりでやってね。いつか聞いたそんな声がよぎり、少しだけ胸が軋む。

「で、先輩って今は映像学部じゃないですか。で、成績もいいらしいじゃないですか。

高校時代にあんだけの映像が撮れる人なら、私のPVもエモく作れるのではないかと。一緒にバズろうかと」

目を開けた胡桃沢は、甘いイントネーションの声と上目遣いを繰り出してくる。

なるほど。ようやく彼女が言いたいことがわかった。だが答えは決まっている。

「別にバズりたくないから。悪いけど他を当たってくれ」

秋都の即答に、胡桃沢は軽くこけたふりをした。がくっ、というその動きはコミカルで、コントじみている。

「えー……。なんでですか？　もちろんお仕事なのでお金は払いますし、クレジットにもお名前だしますよ。あ、本名がアレだったら投稿用の名前とか付けてもいいですし！　ペンネーム的に」

胡桃沢はわちゃわちゃと両手を動かしつつ、秋都を説得すべく色々と話している。が、秋都の心は動かず、だから黙ったまま聞いていた。やがて。

「……やっぱり気を悪くしましたか」

胡桃沢は目を伏せて、しゅんとしてみせた。

「いやそういうわけじゃない」

それは秋都の本心だった。胡桃沢の態度は他の多くの人間とは違い、下賤（げせん）な興味本位によるものではない。ただたんに、彼女自身の率直な希望だということがわかる。そしてそれは、秋都からすれば羨ましくもあった。しかしだからと言って、彼女の望みに応じるつもりはない。自身と楓の過去に関する『事情』に踏み込んでくるもの以外であれば人の頼み事には極力応じるようにしている秋都だが、今回はそんな気になれなかった。

「単にめんどくさくてやりたくない。興味もないし、そもそも技術的にできる気もしないし」

「いやきっと楽しいですって！」

胡桃沢は諦めが悪かった。席を立ち、ずいずい秋都に近づいてくる。秋都も席を立ち彼女と距離をとるべく後ずさり、結果として講義室の窓際まで追い詰められてしまった。知らない人が見れば、アグレッシブに恋の告白でも受けているかのようにみえるかもしれない。

「なんでそんな自信満々なのかわからんけどとにかく遠慮しとく。っていうか、人気者なんだろうし、俺じゃなくても誰かしらやってくれるよ知らんけど」

「いーやーでーす！　先輩がいいんですーー！」

気が付けば胡桃沢は秋都の胸元までやってきていて、つかみかかられそうな勢いだ。このまま窓から突き落とされるのでは、という気さえもする。

「とにかく、やりたくねぇっての。俺は人を撮るのがイヤなんだよ！」

胡桃沢の勢いにつられて、秋都はそう口にした。直後、口元を手で押さえる。自分でも意外で、しかし納得ができる、本心だった。

「むむ……。強情ですね」

秋都の意志が固いのを見て取ったのか、胡桃沢は頬に手を当て、考え込むそぶりを見せた。しばらくして、悪戯（いたずら）を思いついた子どものように意地悪そうでありながら輝く笑顔を見せる。

「っていうか、先輩って映像学部の三年生ですよね？　ということは、必修の単位で、人物主体の映像作品撮影っていうのありますよね？」

意外な切り口に、秋都はあっけにとられてしまった。たしかに、そういう課題はあった気がする。しかし、他学部で、しかも二年の胡桃沢がなぜそんなことを知っているのか。

「……よく知ってるな」

「はい。私って人気者だから。他学部や上級生にも友達が多いんですよ」

えへん、とばかりに胸をはる胡桃沢。

「人を撮るの嫌がってたら留年しますよ。しかし！　私のＰＶは課題として提出してもいいですよ」

ひひひ、と笑う胡桃沢。正攻法が無理な場合は搦（から）め手から。この快活なアイドルは、狡猾（こうかつ）でもあった。

たしかに彼女の言うことにも一理ある。秋都としても、さすがに留年は困る。もう一度三年生をやり直すことを考えると、本当に気が滅入る。面倒くさい。『約束』があるからなんとかこうして日々をこなして、生きているのに。それをもう一度やりなおすなんてイヤすぎる。他にやりたいこともなく、というか出来ることもなく、惰性でこの芸大に入学したに過ぎない自分が、留年するなんて馬鹿らしい。

「だから先輩。お願いします」

秋都の逡巡を察してか、胡桃沢は追い打ちをかけるように潤んだ瞳で懇願してくる。何故、彼女はここまで自分にこだわるのか。なにか理由があるのだろうか。秋都にはまるでわからない。

とはいえ、だからと言って胡桃沢のPVを撮りたいかといえば答えはNOだ。作りこまれたあざといおねだり顔を向けてくる胡桃沢。秋都は彼女から目をそらし、窓から見える空に目を向けて答えた。

「……課題は、適当に撮って済ませるから問題ない」

ほかの課題やテストではそれなりの評価はあるはずだし、課題一つくらい評価が低かろうと、出してさえいれば留年はあるまい。

どうだこれで文句ないだろ。そう思った秋都だったが、胡桃沢は本当にしつこかった。

「適当とか面倒とか興味ないとか……。はぁ。先輩って、よくわからないです」

余計なお世話だ。内心でだけそう毒づいて、空の様子を眺める。さっきまでは快晴だったのに、今は厚い雲が垂れ込めている。

ふいに、胡桃沢のため息が聞こえた。そして続く言葉は、これまで彼女が発していた声と、少し変わる。

「そんなんで、楽しいですか？」

秋都は窓のほうに目線を外していたため、胡桃沢がどんな表情をしたのか見えなかった。ただ、その声だけが、妙に響く。これまで聞いていた、どこか作り物のように甘く柔らかな声ではない。ただただピュアで、澄んだ響き。心底不思議そうな問いかけ。

だから、反射的に秋都は答えていた。声に出してはいない。ただ心の中で。

楽しくない。楽しいわけがない。今すぐすべてを終わらせてしまいたい。でもそれはできない。楓からもらったあのＵＳＢメモリはいまだに中身を見ていない。俺はずっとそういうヤツで、これからもそうして生きていく。とにかく生命活動を維持して、社会生活を営み、いつかこのクソッたれな命が自然に消える、その日まで。

それが俺の受けた呪(のろ)いだから。

胡桃沢は、まるで秋都の内心の独白が聞こえたかのように、さらに問いかけた。

「それって、生きてるって言えますか？」

まるで、ナイフを突きつけられたかのような感覚。それは、秋都にとっては痛恨の一撃となる質問だった。とくに強い口調でもなかったのに、責めるようなニュアンスではなくただの問いかけに近いものだったのに。

秋都は、胡桃沢の言葉に絶句してしまう。そして、どうしても聞き流すことができない。映画で描かれなかった秋都と楓の事情を、胡桃沢が知るはずもないのに。

『秋都は、生きて』

思い出さないようにしていたあの声が、言葉が、疼痛とともによぎる。絞り出すようにして笑顔になった楓の姿がフラッシュバックする。そして幻影の中のその笑顔は、すぐに目を伏せて哀しみの表情へと変わる。

『生きてる意味って、あるのかな？』

ダメなのか。俺は、生きていないのか。

秋都が黙ったままでいることに気が付いたのか、胡桃沢は小さくわびてきた。すいません、調子こいて言いすぎました。というその声は、もうあの甘く可愛らしい声に戻っている。

「なんか突然すいませんでした。とりあえず今日のところはもういいです。ではでは、また！」

胡桃沢はおどけたように敬礼をしてみせた。それから弾むようなステップでくるりと回り、講義室の扉から出ていった。出ていったのだが、その直後、扉からひょいと顔だけをのぞかせる。

「諦めたわけじゃないですよ？　また誘いに来ます！　絶対楽しいですって！」

そう言って笑う胡桃沢は、秋都には理解しがたいほどに明るかった。生きることに前向きで、自主的で、そして力強い。少なくとも一見そういう風に見える。

この目立ちたがり屋で強引であざとい下級生の言動に、心が掻き乱される気がした。

俺は楽しくない。だから生きていない。胡桃沢が、そして楓の幻影が、そう言っている気がした。

気が付けば秋都は、胡桃沢を呼び止めていた。

これでは、あの時と同じじゃないか。そう思いながら。

いいや違う。あのときはただ流されただけで、今は違う。そうも思いながら。

秋都は、立ち止まった胡桃沢と少し話して、それから。

「……わかったよ。やるよ」

「マジですか！　やった！　よろしくです！」

軽く飛び跳ねて嬉しそうにそう言った胡桃沢の笑顔は、とても眩しく、愛らしく、しかしどこか嘘くさかった。

「あ、さっき言ってた投稿用のー、えっと、映像作家名？　になるのかな。なんにします？」

　胡桃沢はすでに活動に向けて心が走り出しているようだった。もちろん、秋都にはついていけない。

「なんでもいいよ」

　なのでそう答えたが、胡桃沢はさらに即答した。

「じゃあ私が決めます！　先輩は謎の覆面映像作家『AKI』です。もし激バズりして人気が出たら謎のイケメン実力派激エモ映像作家にランクアップします。インフルエンサーちとせちゃんの専属になるのでよろしくです」

　胡桃沢は横にしたピースサインを目のあたりにかざし、悪戯っぽく笑った。わけのわからないうちに、秋都は新しい活動における名をつけられ、約束をしてしまったようだった。ただ、ため息をつくしかない。

　こうして秋都は、世間的には『セツナイ恋の物語』という映画の主人公とされていた男は、出会いによって生まれた新しい物語の舞台に立つことになった。

　なお新しい物語は、彼が新しい恋によって立ち直り再び歩き出す物語、ではない。

　純粋に人生を謳歌する彼女のおかげで命のすばらしさに目覚める物語、でもない。

〈セツナイ恋の物語――本当の話――シーン1〉

　あの時、つまり高校二年生の春。秋都は校舎の屋上にいた。昼休みには設置されたベンチに座りランチを食べる生徒たちの姿もみえる洛北高校の屋上だが、今は人気がない。それは秋都が授業をサボってここにきているからだ。

　解放されている屋上のため、当然のように屋上のへりには高いフェンスがある。だが秋都は知っている。このフェンスはある一部分だけ脆くなっており、簡単に蹴破ることができる。そこは、秋都の眼前にある。

　ここを蹴破って、フェンスの向こうに出る。そして一歩踏み出す。

　そうすれば、終わる。死ねる。

　秋都はフェンスを摑んだ。フェンス越しに見える澄んだ今日の空は静かで美しい。深く、碧く、果てしなく。それは、ほかの色々なことの喧しさや醜さを際立ててしまうほどに。ため息がでるほどに。

「もしかしたら」

秋都はふと口に出した。もしかしたら、踏み出すのは、こんな日なのかもしれない。別になにか大変なことがあったわけではない。いつも通りだ。ただ、空が綺麗だったから。そんな理由で、これまでなんとか繋ぎ留めていたことをなんとなく終わらせてしまうのかもしれない。時々綺麗なものが見られるから、なんとかこれまでやってきた。でも、綺麗なものがあるからこそ、終わりにしたくなる時もある。

それも仕方のないことだ、と自分でも思っている。もともと、秋都が死にたいと思っているのには深刻で重大な理由などない。

誰かに裏切られたとか、不治の病に侵されているとか。つまりは自殺の理由としておよそ考えられるようなことは、なにもだ。

ただ、そんな明確で重いことじゃなくても、生きていく中では大変でつらいことはある。ウンザリすることも、イヤになることもある。

これから高校を卒業して進学し、就職し、生活できるくらいに稼げるようになるまでの道のりとその努力を考えると気が遠くなる。

炎上した有名人を嬉々として叩く人々や異なる主張でマウントを取り合う人々を見ると、悲しい。コンビニで店員に怒鳴る中年男性や、ベビーカーが乗ってくると露骨に迷惑そうな顔をする電車の乗客が目に入ると何もかも全部滅んでしまえばいいと一瞬感じてしまう。

ニュースでは不況が続く日本への絶望感が語られていて、外国では戦争が起きていて、未来がよくなる気がしない。身近なことでもそうだ。周囲の人間関係にも煩わしいことや悩みがつきもので、この先、この世界で何十年も生きるのかと思うと吐きそうになる。世界が嫌いで、世界を嫌っていながらその一部として生きている自分も嫌いで。

何故、自分だけがこうなのだろう。同じような世界で同じように生きているはずの周囲の人たちだって、そうした気持ちはあるはずだ。なのに何故死にたくならないのだろう。何故当たり前のように生きていけるのだろう。少し前まではそう思っていた。

だが今はわかる。おそらく自分は、悲しさや虚しさや辛さを強く感じる半面、楽しさや喜びや感動を覚える能力が低いのだ。

映画やアニメを観て楽しい。美味しいものを食べて嬉しい。友人や恋人とすごすことで満たされる。夢を追いかけ叶える情熱に歓喜する。多くの人たちは、そのような喜びで世界や自分への虚しさや悲しさを忘れ、あるいはやり過ごして生きている。生きることに意味など求める必要もなく。プラスがマイナスを上回っているから、日々を送っていける。生きている。だが秋都は違う。

秋都にも少しくらいの喜びはある。コーヒーを飲んで旨いと感じたり、映画が面白いと感じたり、誰かの優しさに触れて嬉しくなったり。でもそれは、弱い。きっととても弱い。そのほかのイヤなこととのイヤさに比べれば、まるでゴミだ。だから死にたい。厳密にいえば、死にたいというよりは、生きていたくない、といったほうが適切かもしれない。そう考えてしまう自分が異常であり不道徳であるということはわかっているし、それゆえこの気持ちは隠している。精一杯、周囲にあわせている。

だが死ぬこともできない。死ねば、肉親は哀しむだろう。多少の関わりがあった人たちも落ち込ませてしまうかもしれない。そしてどのような方法で自殺したとしても、それはかならず誰かに迷惑や不快感を与えるだろう。

そして、死ぬのはきっと苦しい。苦しい思いをしたいわけじゃない。

もし、今この瞬間、全世界の人間の記憶から消えて、この世に鈴木秋都という人間がいたという痕跡(こんせき)もすべて消えて、痛みを感じず一瞬で死ねるなら、きっと喜んでそうする。だがそんな都合のいい話はない。

だからこれまで、なんとか生きてきた。時折感じられる弱々しい喜びに縋(すが)り付いて、時折見ることのできる美しい光景だけをささやかな希望にして。

生きる意味が、わからない。

――だから、もういいのではないか。今日、この校舎の屋上から見える空は本当に美しい。人生の最後に目に映る光景として、これ以上のものは今後ないのではないか。

ああ、そうだ、今日、今、ここで。俺は、このフェンスを蹴破って、そして。

「ねえキミ、鈴木君、だっけ。ここでなにやってるの?」

　衝動的に右足を上げかけた秋都は、突如かけられたソプラノの声に動きを止めた。振り返れば、そこにはクラスメートの少女が一人。名前は覚えていないが、清純派美少女で有名なナントカさんだ。

　ナチュラルな印象を与える黒髪のボブスタイルに溌剌としたアーモンド形の目。その爽やかさはスポーツ飲料のＣＭに出演していそう、と誰かが言っていたのを秋都も聞いた記憶があるほどだ。昔は人気の子役だったということも知っている。が、それ以外のことは何も知らなかった。

「……別になにも。ただボーっとしてただけ。……さんは？」

　ナントカさんの名前がどうしても思い出せなかった秋都は、どうとでも聞こえるようにゴニョゴニョと言葉を濁し、『さん』付けで呼びかけた。

「んー。空が綺麗だったから？」

　ナントカさんの言葉は問いかけへの回答として不完全なものだったが、秋都には彼女の言わんとしていることがわかった。本当に今日の空は綺麗で、見ていたくなる。そして空を見るのならばこの屋上は校内では最適であろう。

　ただ、秋都は彼女がそんな風に答えたのが意外でもあった。自分以外に、たかが空ごときについてそんなことを考える人間がいるとは思っていなかった。自分が時折美しいと感じる様々なものは他の誰もが気に留めもしないものだということには、気づいていたから。

「へえ」

秋都はただそれだけの相槌を打った。それから、どうしたものだろう、と考える。人が来てしまった以上、秋都が衝動的にやろうとしていた行いは中止せざるを得ない。そしてよく知らないナントカさんと二人で屋上にいるのも気づまりだ。だがなんとなくこの場を立ち去りたくない。立ち去ってもどこにも行くところがない気がした。

秋都がただ立ち尽くしていると、ナントカさんはフェンス際までやってきて、くるりと秋都のほうに向きなおった。まるで、素晴らしいことを思いついたとばかりにニンマリと笑っている。そして言った。

「あのさ。ちょっとこれで撮ってくれないかな？」

そう言って、スマートフォンを差し出してくるナントカさん。どうやら、スマートフォンのカメラで自分を撮影してほしいということらしい。意味がわからない。

「え？」

「はい！　背景に空がちゃんと入るように撮ってね」

秋都は彼女のスマホを押し付けられ、受け取ってしまった。多少困惑するが、まあいいか、とも思う。たかが写真を撮るだけのことだ。おそらく彼女は写真を撮られ慣れているのだろうし、綺麗な空を背景に写真を撮りたいという心理があるのも理解はできる。

自撮りだとそれが難しいのも想像できる。大した手間でもない。

「……わかった。じゃあ……はいチーズ？」

自慢ではないが、秋都は友達の写真を撮ったことがない。というか、友達がいない。

なので、一般的な男子高校生がシャッターを押すときどう言うか知らなかった。

「写真じゃなくて動画でよろしく！」

それは予想外だった。

「動画？　……なにもしかして、ティックトックとかにあげるわけ？」

聞いてみる。そういう文化があることは知っていた。ということは、このナントカさんはクネクネ踊ったりするつもりなのだろうか。

「まさか！　そんなことしないよ恥ずかしいし」

ぶんぶん、と手を振るナントカさん。やや顔が赤い。ティックトックにあげるのはダメで、たいして親しくない男子生徒に動画撮影をお願いするのはアリ。よくわからない感覚である。が、もう撮影を引き受けてしまっていたので、仕方がない。

「こんな綺麗な空をバックに写真だとなんか死んだ人みたいじゃん。ほら、最終回とかで空に映る的な。遺影みがありすぎ。でも動画だと生きてる感マシマシでしょ。私、今自分が映ってる動画撮りためてるんだよね」

「そう、なんだ。まあ、よくわからないけど……。じゃあ撮るから」

「待って待って」

「なに」

　もうさっさと済ませたいんだけど、と続く言葉は何とか飲み込む。こうして話すのは初めてなのだが、早くも秋都はナントカさんへの言葉遣いが雑になりかけていた。

「どんな感じにしたらいいと思う？　動画なんだから私も動いたほうがよさげだよね？」

「なんでもいいんじゃないの」

「そういうやさぐれた態度はよくないぞ鈴木くん」

　残念ながら秋都はやさぐれた人なので、もう彼女に対して気を使って話すのをやめた。もともと、どう思われようがどうでもいいのだ。ただ、初対面に近い相手への礼儀として素に近いぞんざいな言葉遣いで話すのはよくないと思っていただけのことである。

「そりゃ悪かったね。で、どういう風に撮るわけ？」

「そこはほら、鈴木くんのセンスで、映える感じでよろ」

　ナントカさんは折れる気配がなかった。とても押しが強いし、変だ。いったいどういうつもりなのか皆目わからない。何故ここまでして秋都に自分を撮影させたいのだろう。

　だが、彼女のまっすぐな瞳は輝いていて、おそらくまったく輝いていないであろう瞳を持ち合わせている秋都としては、断るのも骨が折れそうだった。

というか、実際のところ何もない秋都には、断る理由すらない。

「はぁ。わかった。ちょっと待って」

なので、少し考えてみる。

「ほい！」

ナントカさんは嬉しそうにそう言うと、後ろ手を組んで空を見上げつつ、なにやら鼻歌を歌い始めた。一方、秋都はこめかみに指先をあて、考える。

ナントカさんの背格好、肌の白さ、自然体な明るさ。向こうにあるフェンス、さらにその先にある紺碧（こんぺき）の空。制服のブレザーの黒。スカートのチェック柄、太陽の位置、光の角度、影の長さ。風向き、風で揺れるナントカさんの髪。

『少し』考えてみるつもりだったはずなのに、自分でも意外なほど色々な情報が頭をよぎった。そういえば、こうして真面目（まじめ）に映えるかどうかを意識して動画を撮ったことなど人生で一度もなかった。こんなにも、検討すべきことがあるのかと驚く。

だが、今日の空はたしかに綺麗だ。たいして長くもなく、意味もない秋都の人生においても、こうした綺麗な光景に何度か出会ったことがある。そんなときは、秋都でさえも少しだけこの世界がマシに見える。それはきっとすごいことで、そんなものを切り取ってカメラに収めるというのは、大変なことなのだろう。

そんなことを、考えた。同時に、秋都の脳内に一つのシーンがよぎる。

「じゃあ、こっちのほうからフェンスに向かってゆっくり歩いて。で、フェンスに軽く右手で触れて、左肩越しにこっちに振り返って。振り返った後は軽く笑っ……え」

俺は何を言ってるんだ？

驚いて、自分の口を押さえてしまう。イメージしたシーンをそのまま口に出してしまっていた。イヤな予感がしてナントカさんに視線を向けると、彼女は一瞬だけきょとんとした顔をみせたあと、目を細めて口元を緩め、子どもみたいにくしゃりと笑う。

「いいねいいね！　え、もっかい言って」

「……やっぱいい」

「えー？　フェンスのほうに歩いて？　右手でフェンスに触れて、左肩越しに振り返って、笑う？」

「なんでちゃんと覚えてるんだよ……」

「記憶力いいんだよ私。笑うってどんな感じで？　大人っぽく微笑む的な？　それともニコっとしたアイドル風スマイル？」

「いや……」

「照れない照れない。で？」

秋都の口が滑ったことがそんなに嬉しいのか、彼女はノリノリである。その瞳が、わくわくしている気持ちを伝えてくる。仕方がないので、秋都は正直に答えた。

「…………今みたいな感じで」

「おっけー」

そんなわけで、秋都からすると謎だらけの動画撮影会が始まった。秋都の思い描いた光景の再現を目指す形で、だ。

後になってから考えてみるとこの時の動画撮影が一発でうまくいったのは、偶然による部分が大きかったように思う。

向こう側に歩き出す彼女の後姿をやや低いアングルから捉えていたため、まるで彼女が紺碧の空に向かって上っているように見えた。足を止めた彼女が触れる錆びついたフェンスは、背景の蒼との対比で存在感を増す。空への道を断たれたかのような彼女の姿に寂寥感を覚える。しかし、風に揺れる髪を押さえてゆっくりと振り返った彼女の輝くような笑顔が、一瞬の寂寥感のすべてを吹き飛ばす。空は、数秒前よりもずっと広く、深く、青く見えた。

紺碧のパノラマと、そこに咲く少女。それは数秒間の奇跡だった。少なくとも、秋都にとっては。

「え、これすごい！　なんかひきつけられるっていうか、MVとか映画のワンシーンみたいだよ。鈴木君すご！」

ナントカさんは、撮影したばかりの動画をみて、大袈裟に思えるほどにはしゃいだ。

秋都の手を取り、ぴょんぴょんと飛び跳ねてもいる。

一方、秋都は戸惑っていた。この映像にかぶせる音楽はどんなものがいいだろう、映画の一部だとしたらそれはどんなシーンになるだろう。どうすれば、この小さな機械に収められた数秒間を、もっと美しくみせることができるのだろう。そんなことを、考え始めている自分に。

「鈴木くん、動画撮るの上手なんだね。またお願いしてもいい？」

ナントカさんはそんなことを言った。秋都は頷(うなず)いていた。もともと、人の頼み事は断らないほうだ。断る気力すらないからである。

しかしこのときは違った。秋都は、また彼女をカメラで収めたいと思っていた。

それは多分、彼女が放っていた光に魅せられたからだ。

光。それがなんだか、わからなかった。だがのちに知ることになる。彼女が放っていた光は、ついさっき自殺しようとしていた鈴木秋都からは一番遠いもの。生きようとする力、生きたいという思い。その、発露だということを。

「ほんと？　じゃあ今度どっか一緒に行こうよ。あと一年くらいで、いろんな動画撮っておきたいんだよね」

再び頷いた秋都に彼女はそう言って、今度はぐへへと笑った。変な笑い方だ。

「そういえば鈴木くん、もしかして私の名前覚えてない？」

「え。ああ、ごめん覚えてない」

「マジでか」

「マジだよ」

　そういえば、こんなに人と会話したのも久しぶりだった。秋都は自分から人に話しかけることはないし、そうした秋都に気づいた多くの人は話しかけてこなくなる。ナントカさんはかなり変わっていて、普通に考えると図々しいというか押しが強い。だがそのくらいでなければ、こんな風に誰かと話すことがない秋都にとっては、唯一(ゆいいつ)の相手だった。

「一ノ瀬(いちのせ)楓、だよ。はい、覚えた？」

「たぶん」

「多分かい。楓、でいいよ。私も鈴木くんのこと下の名前で呼ぶから。……あれ、名前なんだっけ？」

　これが、ナントカさん改め一ノ瀬楓と秋都の出会い。彼女は、星の光をたたえたような瞳を持つ少女だった。この日から一年ほど、秋都は楓の専属カメラマンを務めることになった。それは、彩(いろど)りにあふれる日々だった。

　その日々の終わりに、楓は死んだ。

〈シーン1　カット〉

　胡桃沢千歳が指定した待ち合わせ場所は渋谷にあるカフェだった。アンティーク調に統一されている小洒落た内装の店内は、秋都からするとあまり居心地の良い空間ではない、ましてや。

「先輩先輩！　見てくださいよこのパンケーキ、クリームの量ヤバくないですか⁉」

対面に座っている相手が、昼の光が差し込む店内でやたらと浮かれているからなおさらである。

「多いな」

「ですよねー。一口食べますか？」

「いらな」

「あげませんよ残念でした」

　甘いものが苦手な秋都としてはまったく残念ではないのだが、いらないの四文字すら遮られたことを思うと、そう告げるのも面倒だ。秋都は黙ってコーヒーを啜った。それから、本題を切り出す。

「それで？　今日は一曲まるまるじゃなくて、ティックトックにあげる用のショート動画を撮るってことでいいんだよな？」

胡桃沢に言わせれば、記念すべき初撮影の日、ということになっている。しかし実際どんな動画を撮るのかということは未定であり、それを今から決めることになっていた。

「ですです。練習がてらって感じですね。あ、とりあえず曲聴きます？　これの歌いだしのところ十五秒くらいでどうかな、って思うんですけど」

胡桃沢はそう言ってスマートフォンを操作し、直後に秋都のｉＰｈｏｎｅが振動。見れば、メッセージアプリ上に音声データが届いていた。

「っていうか、事前に送っとけば良かったですね」

当然のようにそんなことを言う胡桃沢に、秋都は少しだけ驚く。

自分が歌っている自作曲を人に聴かせるのに、まったく抵抗がなさそうに見えたからだ。そうした行為に照れたり緊張したりするのは素人(しろうと)で、彼女はそうではない、ということなのかもしれない。

「聴いてみるわ」

秋都はイヤフォンを取り出し、ｉＰｈｏｎｅの再生ボタンをタップした。すぐに、音が流れ込んでくる。

始まりにイントロがなく、代わりに特徴的なフレーズのボーカルから入るタイプの曲だ。そういうスタイルが最近は流行(はや)っていると何かで読んだ覚えがある。

意外なことに、歌詞はすべて英語だった。さほど難しい単語は使われていないので、秋都にも訳すことができる。

苦い記憶なんていらない。欲しいのは、やわらかくて、甘くて、溶けそうな気持ちだけ。

滑らかなメロディに乗ってそう歌う胡桃沢の声は、歌詞の通りに甘く、蜂蜜(はちみつ)を連想させた。

「どうですか？　わりといい感じじゃないですか？」

「そうかもな」

秋都は無感動に答えた。だが、本心でもある。たしかに胡桃沢の曲や歌は、一定の評価を得られるものだと思う。愛らしいとかいう人もいるだろう。ただ、秋都個人としては、とくに何も言いたいことはない。

「お、わかりますか！　さすがです」

「それで？　どういう風に撮ればいいわけ？」

「はい。こう、このカフェの中で過ごしてる私の可愛(かわい)さを可愛く撮ってくれれば！」

「ざっくりだな……」

「あ、じゃあこんな感じでお願いします！」

胡桃沢はそう言ってスマホを差し出した。見れば、メモアプリにシーンスクリプトらしきものが書かれている。セリフがあるわけではないのでたいした量ではないが、細かく指定されていた。

「お店にはもう許可とってますから大丈夫です」

胡桃沢は店のスタッフに笑顔を向けた。スタッフのほうもどうぞどうぞと瞳で返してくる。いくら他に客のいない時間帯とはいえ、さすがのコミュニケーション能力である。

台本に目を通した秋都はｉＰｈｏｎｅの設定を手早く済ませた。

やらなくてはいけないのかもしれないと感じて義務のように引き受けただけであって、好きでやりたい撮影ではないのだ。

「じゃあ、撮るか」

「え、スマホで撮るんですか？　なんかこう、専用の機材とかそういうのは？」

「持ってない。編集ソフトがあれば十分じゃないの。最近はプロでもそういう風に映画撮ることもあるらしいし」

「なるほど！　知りませんでした」

「俺が左手を上げたらスタートな。あとは……」

簡単に説明をする。あとから曲をかぶせる都合上、胡桃沢と秋都のイヤフォンを同期させ、同じタイミングで曲を流す。それに合わせて撮影開始、歌いだしが終わったところで適当に終了。あとは編集すればそれっぽくみえるだろう。

「すごいですね。慣れてる感じがします」

「照れてはいない」

秋都は前を向いたまま答える。ただイヤなだけだ、という後半部分は飲み込んでおく。

小雨の降りしきる渋谷の街を行く二人。ちなみに傘は秋都のものだ。胡桃沢は天気予報を見ないタイプの人間らしい。秋都は高そうな服が濡れるであろう彼女だけを置いてさっさと帰るのは気が引けたが、さりとて同じ傘に入りたくはなかった。それに秋都は雨が嫌いではない。とくにこの渋谷のような雑踏に降る雨が街を潤ませる光景は、綺麗だ。おそらく誰にも同意はされないだろうが、そう思う。

なので、駅までこうして濡れながら歩き、傘を返してもらってから胡桃沢と別れるつもりだ。

雨は予報より弱く、このくらいなら秋都は濡れてもかまわない。

「すっかり遅くなっちゃいましたねー」

「そうだな」

「あ、編集したら動画送ってくださいね」

「ああ」

「あ、お金どうしましょうか。ペイペイとかでいいですか」

「あー、やっぱいいわ、金は」

「え、なんでですか？」

「たいした事してないしな。ああそうだ、ＡＫＩだっけ？　俺の名前、投稿するときのクレジットとかにも載せなくていいよ。っていうか載せないでほしい」

「先輩って……」

「なんだよ」

「ふう。なんでもないです」

　まったく弾むことのない会話はいつしかなくなった。さすがの胡桃沢も、秋都相手に楽しく話し続けることは難しいらしい。だから、二人はただ雨の中を歩いた。

　夜が始まったばかりの渋谷の人影は多く、だが傘のため人々の表情は見えない。これから飲みに行くのであろう会社員、デート中と思われるカップル、カバンを傘代わりにして走っていく若者。無数の雑踏からは様々な声や音が聞こえるが、どれも意味をもったものに感じられない。がやがや、ざわざわ。文字にすればそうとしか聞こえない音。

　駅へ向かう交差点で、信号が赤になる。

　ここを渡れば、もう駅だ。足を止めた秋都は、最後に胡桃沢に謝っておこうと思った。一定のクオリティのものは撮れたが、胡桃沢が期待していたような、つまりは楓を撮影していた時のような映像は撮れなかった。そうなる気はしていたが、胡桃沢の期待に応えられなかったことは事実である。

「なあ、胡桃沢」

秋都は胡桃沢のほうに顔を向けて語りかけた。つもりだったが、どうやら声のボリュームが小さすぎたためか、同行者にしては離れすぎた距離のためか、彼女はそれに気が付かなかった。

秋都のほうは気づいた。信号待ちをしている胡桃沢が、小さく歌っていることに。

彼女には似合わない黒い大きな傘の下で、車のライトに光る雨粒を背景に、灰色の塊にしか見えない人混みの中で。

信号待ちの間の暇つぶしか、なんとなく口ずさんでいただけなのか。実際には、声は出していなかったのかもしれない。あるいはごく小さな歌声だったのかもしれない。だがわかる。胡桃沢の唇が繰り返しているのは今日何度も聞いたあの歌だ。

苦い記憶なんていらない。欲しいのは、やわらかくて、甘くて、溶けそうな気持ちだけ。

映えるカフェで、華やかな表情で口パクをしていたときとは違う。

どこか無機質で、気だるい横顔。普段の賑やかで華やかな胡桃沢とは違うはずなのに自然にみえて、騒々しい都会の夜のなかに匂いたつような存在感がある。それはまるで、澄んだ夜に浮かぶ月のような静謐さ。

「――っ」

秋都は、半ば無意識に彼女の姿をｉＰｈｏｎｅのカメラに収めていた。

胡桃沢の姿がカメラ越しに映る。カメラに雨粒があたり、世界が潤む。彼女と街が滲(にじ)み、その中に細く囁(ささや)くような歌声が見える。

街並みと胡桃沢のコントラストが生み出すのはどこか退廃的で、幻想的で、そして艶(つや)やかで灰色の世界。ちっとも柔らかくなくて、甘くない。その光景は歌詞とは正反対だ。だからこそ際立(きわだ)つ。宝石を掴もうとする泥にまみれた手のように。

綺麗だ。少なくとも秋都の心にはそう映っていた。

信号が、青になった。くるり、と胡桃沢が秋都に向きなおる。そして秋都が向けていたカメラに気づいた。

「ちょ、先輩、なんで勝手に撮ってるんですかー!?」

気を抜いていたところを撮影されたからか、彼女にしては珍しく慌(あわ)てているようだった。とっさに手で顔を隠して秋都を諌(いさ)め、それから唇を尖(とが)らせてぶーぶー、と口にする。

「あ。すまん」

秋都もまた、自分の行動と、その結果撮れた画に戸惑っていた。カメラをさげて素直に謝罪したのはそのためだ。

「今、撮ったの見せてください」

むー、とした表情で右手を差し出す胡桃沢の主張は実にごもっともなものなので、秋都は素直にｉＰｈｏｎｅを差し出した。受け取った胡桃沢は青になった信号は無視して、動画を確認し、それから。

「……なんですかこれ。え、なんかやたらエモくないですか。ヤバ。待ってくださいもう一回見ます。え、私じゃないみたい」

そんなことを言った。細い顎に手を当て、じっとモニタを見つめる視線は困惑がありつつも真剣だ。その言葉には嘘がないようにみえる。つまり、秋都が感じたことと似たようなことを感じている、と思われた。ただ、『私じゃないみたい』という部分は別だ。今撮った胡桃沢の姿のほうが、なぜか自然に見える。

「あれですか。日常の何気ない一コマへの嗅覚！　的なアレですか。やっぱ先輩、才能あるんですね」

「いや、なんとなくだし、たまたまだし。っていうか別に……」

「でもこれはボツですね！」

胡桃沢がｉＰｈｏｎｅを返してきた。少し顎を上げて、ふふんと笑っている。

「なんかアンニュイが過ぎるっていうか、アート的過ぎるというか、なんか暗いです。私のゆるふわに明るく可愛い感じでイマドキなイメージとのギャップがですね」

再び赤くなった信号を待つ間、人差し指を立てて流れるようにダメ出しをしてくる胡桃沢に、秋都はため息をついた。別に、これをＰＶに使おうなんてことは思っていなかったからだ。

「ああ、はいはい。そうだろうよ」

「あ、でもその動画消さないでくださいよ。そっちもちゃんと編集してから送ってください」

「え、なん」

で。とはまたしても続けられなかった。青に変わった信号にあわせて歩き出した胡桃沢の早口でまたしても遮られたからだ。

「私が見たいからですよ。当たり前じゃないですか。勝手に撮ったんだから当然ですよね」

「さようで」

「さようです」

早歩きで交差点を抜け、駅へ。胡桃沢との撮影の初日はそれで終わった。

*

カチカチ。とマウスをクリックする音だけが自室に響く。必要最低限の家具だけがあるこのワンルームのアパートメントが、秋都の住処(すみか)であり仕事場だ。

母はすでに亡(な)く、父は仕事で忙しく海外を飛び回っている秋都がここで暮らすように

「楽しそうだな」

そう呟き、そのままの言葉を胡桃沢に返信する。

胡桃沢を撮影する仕事がこれで終わったわけではないが、これからさきも秋都の気持ちは変わらないような気がした。

君は、君たちは楽しそうでいいな。俺は楽しくない。

楓の言葉が思い出された。

秋都は生きて。

胡桃沢の言葉が思い出された。

それって、生きてるって言えますか？

「うるせぇよ」

秋都はそう言って、ＰＣのモニタを消そうとした。そこで気が付いたことが一つ。

「ああ、そうか。これも一応編集するんだっけか」

ＰＣのドキュメントに保存していたデータ。例の、雨の交差点でふいに撮った映像ファイルが目に付いた。面倒くさいが、約束は約束だ。なのでこちらも作業を進める。胡桃沢からは、その映像にあわせるならこのバージョンですね、と違う雰囲気で歌っているデータも送られてきていたので、それとあわせてみる。歌詞とは正反対の、少し切なげな歌声だ。カメラに収まった表情もそうなのだが、この歌も、普段の胡桃沢とは違うのにむしろナチュラルに感じられる。

カチカチ。パチパチ。カチカチ。薄暗い部屋にキーボードとマウスの音だけが響く。

ヘッドフォンをかぶり、胡桃沢の曲を流してもう一度動画を見る。

胡桃沢にはイメージに合わないとボツを食らったし、実際見返してみても彼女の言うとおりだと感じる。だからこの映像を編集するのは無駄な作業だとも思うのだが、何故だか進行はスムーズだった。画が次々と思い浮かび、それを形にしていく。あの瞬間を、切り取り、磨き、ツヤをかけていく。

雨の落ちる速度を遅くし、背景の街をじょじょにボカシていく。胡桃沢の横顔にフォーカスし、傘から一滴の雫がこぼれた瞬間に一瞬の停止、歌、暗転。

楓を撮っていたときの感覚が思い出された。楓と胡桃沢は少しも似ていないのに。

この映像が映すボヤけた街並みがほの暗い光を放っているように見えるのも、虚ろにすら見える胡桃沢の横顔に濡れたような愁いを感じるのも、きっと気のせいだ。

編集が終わり出来上がった動画を、秋都は三回見た。

そうせずにはいられない映像だった。

＊

先輩、そう呼んでいる芸大の上級生、鈴木秋都から送られてきた動画のクオリティはなかなか高かった。想定通り、いくら映像学部に所属しているとはいえ学生のレベルではないようにみえる。これであれば、再生数は今より稼げるかもしれない。

あの映画のエンドロールをみたときの、不思議な感覚はこの動画からは得られないけど、それは仕方ない。ひとまずこれで十分だ。

もっと、もっと、もっと。私は人気が欲しい。多くの人に愛されたい。ずっとだ。置いていかれないように、学校や社会で腫物（はれもの）扱いされたり攻撃されたりしないように、私が、私としてあるために。みんなに好きになってほしい。

たまたまほんの少しの才能があり、学ぶ機会に恵まれた音楽や歌は道具として活用している。

私は、愛されたい。愛されなければならない。それが叶（かな）えば嬉（うれ）しいし、生きているのだと感じる。学内や身近で人気があったりモテたりすることは大切だし現状でもそこそこ満たしているが、それだけではダメだ。

あの先輩は、どうやら私のことが好きではないらしい。そんな気配すらない。だが嫌われているとも思わないので、多分単にそういう人なのだろう。映画になるくらいの過去があるのだから特殊事例なのかもしれない。それならそれでいい。そういう人は初めてのケースだが、何故か接しやすい。

〈セツナイ恋の物語――本当の話――シーン2〉

今度どこか一緒に行こうよ。一ノ瀬楓はその言葉通りに、ほぼ毎週末のように秋都を外出に、彼女の言うところの『おでかけ』に誘ってきた。

桜が咲いたからと花見に行き、乗ったことがないからという理由で江ノ電に乗り、シラス丼（どん）が食べたいからと江の島へ足を延ばし。とにかく、いろいろなところに。

地元民は地元の観光地にはあまりいかないもので、それは秋都も例外ではなかったが、高校から湘南（しょうなん）に越してきた楓にとっては魅力的な場所が多かったらしい。おかげで、秋都も彼女と知り合って一か月もしないうちに、湘南界隈（かいわい）に少しだけ詳しくなった。

秋都にしてみれば、楓の誘いは不可解なうえに面倒ではあったが、断る理由もない。だからただただ、彼女に振り回されるようにして出かけていた。

もちろん、ただ出かける、というわけではない。毎回、彼女の動画を撮影している。建物、植物、空、電車、島、食べ物。あらゆるものを、楓と一緒にカメラに収めてきた。

「あ、ねえ秋都、ここいいね。この辺でも撮ろうよ！」

「わかった。……あー、じゃあ、そっち側から歩いてきて。俺、左側から撮るから」

「おけーい」

その日は、鎌倉の長谷寺までやってきていた。いつものようにｉＰｈｏｎｅを向けて、遠足に向かう小学生のような楓の足取りを収める。光の角度を意識し、ブレずに撮れるようにカメラをスライドさせていく。

雨上がりの境内に咲く紫陽花は朝方にうけた雨粒を反射してきらきらと輝き、軽やかに揺れるワンピースを着た楓の姿をカメラの中に鮮やかに浮き立たせていた。

「あっ」

ちょうどカメラを止めたとき、楓は小さな段差に躓いて転びかけ、秋都は反射的に彼女を支えた。

「気を付けたほうがいいよ。危ないだろ」

「ごめん。へへ、ありがと」

はしゃぎすぎなのか、楓はよく何かに躓いたり、ぶつかったりする。なので、こうしたやりとりも初めてではなかった。

「はい。撮ったよ」

「見せてみ。……おお、いい感じじゃん。ってか上手くなった？」

弾けるような笑顔になった楓からの誉め言葉に、秋都はうまく言葉を返せなかった。

この紫陽花には楓に提案される前から注目していた。濡れた輝きは美麗で、彼女を撮る背景によさそうだと感じていた。だから構図なんかをさっきから考えていた。ついでに言えば今日彼女が着ていた白のワンピースとのコントラストが綺麗だとも思っていた。

それに、最近は動画撮影のテクニックなんかも、本を読んで勉強している。だから以前よりは多少はいい画が撮れて当然なのだが、それを楓に伝えるのは憚られる。

「なんで黙ってるんだい？　照れちゃってー」

「照れてないよ」

「今の動画送ってー」

「……編集ってやつをやってみるから、それから送る」

「編集？　ほうほう」

ｉＰｈｏｎｅをポケットにしまい、境内を行く二人。はたから見れば、動画を撮影してはイチャつく高校生カップルに見えるのかもしれない。だが事実は違う。

秋都はあくまでも、楓に頼まれて彼女の姿をカメラに収めているだけだ。それも、なんのためなのかもわからないままに、である。

もちろん本人に直接目的を聞いたことはあるのだが、『撮りたいから！』とだけ言われてしまえばそれ以上聞きようがない話だ。

秋都としては別にそれでかまわない、というよりも、理由などどうでもいいと思い始めていた。

もともと綺麗な場所や物を見るのは好きだ。そして、最初にあの屋上で楓を撮影したさいに綺麗なものはカメラに収めることができるということに気が付いた。

「ん。けっこー撮ったね。今日はこのくらいでいいかな」

「了解」

楓が今日の撮影に満足したことを告げると、その日は終わりということになる。別に恋人同士でもなければ友人ですらないわけなので、その場で解散するのが自然だと秋都は思う。だが、楓は時々そうではなかった。この時もだ。

たたた、と軽い足取りで進んだ楓は、くるりと振り返って言った。

「じゃ、じゃあこれから一緒に遊園地行こ。撮影はナシで」

これまでも、撮影後にラーメンを食べに行ったり、買い物に付き合わされたりしたことはあるが、今回はまた突拍子もない提案だった。

「何故」

「行きたいからだよ。見てこれ。すごくない？」

そう言って楓が見せてきたスマホに表示されているのは、ある遊園地のお化け屋敷についての記事だった。とても本格的だと評判らしいが、まずなによりも遠い。

「……今から？　疲れないわけ？」

なので、秋都は正直にそう口にしたが、楓はぶんぶんと激しく首を横に振った。

「ぜんぜん。だって今日行きたいんだから行かなくちゃ。ほら、行くぜ！」

楓は秋都の服の袖をつかみ、ずんずんと歩き出した。ずいぶん速足で前を行っているので、秋都からは彼女の表情が見えない。

秋都は抗う気力もなく、ただ楓についていく。そしてそんな彼女の華奢な背中を見て、ぼんやりと思う。

楓は、いつも全開で生きている。高校にいるときもそう。授業は誰よりも真剣に聞いているし、体育の時間も全力で走っている。家系ラーメンを食べに行ったときは満腹中枢がやられる前に全部食べるんだと猛烈な勢いで麺を啜り、服を買うときは一番気に入ったものにするんだと試着を繰り返す。昨日テレビで観たという映画の感想を真剣に語り、ベビーカーに乗っている乳児と目があえばバカみたいにおどけてあやそうとする。

色々なことに興味を持ち、行ってみてはやってみる。

その割に成績は普通程度で、体育では転び、ラーメンにむせ、服のサイズ感がときどきおかしく、映画の感想を言っているうちに思い出して涙ぐみ、あやそうとした乳児には不審な顔をされてへこむ。

いつも全力で懸命、そのわりに不器用。笑うときは本当に楽しそうに笑い、素直に泣き、落ち込む。

そんな楓のありようは、秋都から見るとまったく不可解で、そして——

「なに？　私の顔、なんかついてる？」

遊園地まで移動する電車のなかで楓から尋ねられたので、秋都はさきほど思ったことをそのまま彼女に伝えた。

「そうかな。照れちゃうぜ」

「別に褒めてるわけじゃないけど。ただ、俺とは全然……」

違うと思って。秋都はそうは続けなかった。ただ、車窓に映る街並みを見るともなく見て、言葉を濁す。

秋都は、自分が無気力な人間だと理解している。自分から何かをすることもなく、楽しんだり喜んだりする感情も弱く。心のどこかで何もかもがイヤだと思っている。生まれてこなければよかった。死んでしまいたい。そうも思っている。

だが、そんなことを誰かに伝えても、その人が困るだけだ。そして同情されたり、励まされたり、あるいは説教をされる。だが何かを言われたところで自分はきっと変わらないので無意味だ。だから、何も伝えない。

「そんなことないでしょ」

しかし楓は、秋都が言いかけたことを察したようだった。そのうえで、きっぱりとそんなことを言った。秋都は多少驚き、彼女に視線を向ける。電車内のベンチシートでは、楓がさっきより近くに座っているように見えた。

「いやね？　言ってることはわかるよ？　秋都って、友達もいないしー、いつもやる気なさそうだしー。全然笑わないしー、なにも楽しくなさそうだしー、みんなにもそんなヤツだと思われてるしー」

ガタンガタン、揺れる電車のリズムにあわせて、楓が指を折っていく。秋都としても自覚があることとだけに否定できない。いや、するつもりもない。しかし楓は五本の指を折ってグーにした手を、ぱっと広げてみせた。

「けど、こうして私に付き合ってくれてるじゃん」

にぱ、と笑う楓。それは頼まれたからだ、という思いが秋都の胸をよぎる。

「あ、今、それはお前が無理に頼んで付き合わせてるからだろ、と思ったでしょ」

「エスパーか」

「実はそうなのだよ君。私はいずれ地球を襲うエイリアンと戦う使命を……」

「嘘つきか」

「あはは。……そりゃ、私が頼んだからだけど。だけど秋都の撮ったもの、どんどん綺麗になっていくから」

今度は、ふふ、とくすぐったそうに笑う楓。彼女と一緒にいると、笑い方にはいろいろな種類があるという当たり前のことに気づかされる。

そしてまた秋都は口をつぐんだ。今度は無意味だと思ったからではない。

驚いたからだ。楓の言葉にではない、楓の言葉をうけて自分の中に生じた感情に、である。

「私にはよくわからないけど、きっと撮影技術の勉強とかしたんでしょ。それにさっき、編集してみる、って言ってたよね。ホントに全部がつまらなくて何もしたくないなら、そんなことしないよ」

楓の口調は柔らかで、どこか嬉しそうだった。どんな表情をしているのかは秋都にはわからない。彼女の横顔をみることができなかったからだ。だが、車窓に映る海は、輝いてみえた。

「それ、は」

秋都は絞り出すように口にしたが、そのあと何も言えなくなった。

たしかに、楓の言う通りだ。高校の屋上で最初に撮った映像がたまたまうまく撮れていたことから動画の撮影を頼まれた。そしてそのためにあちこちに出かけている。だが、別に映像のクオリティをあげることを求められていたわけではない。

ただ、様々な風景のなかで楓を撮影していくうちに歯がゆさを感じ始めた。もっと、美しく切り取れるはずなのにと思い始め、試行錯誤するようになっていた。楓と一緒にいないときでさえ、印象的な風景に出会えばそれを撮影してもいる。

こんなことは、秋都の人生では初めてのことだった。勉強でもスポーツでも人間関係でも、自分から必要以上に努力したことはない。挑戦したこともない。ただ、この世界でなんとか生きていくために最低限のことをこなしてきていた。

その俺が、何故。

黙っている秋都の肩を、楓はバシバシと叩いた。その手は無遠慮で、気安く、そして温かい。

「うむうむ。撮影に前向きになってくれるのなら私も嬉しく思うよ。今後も精進してくれたまえよ君」

おそらく楓の脳内にしかいないであろう、どっかの偉い社長のような尊大な口調。

「偉そうだな」

そう言って秋都が目を向けた楓の頬は、車窓から差し込む陽の光に照らされて明るく染まっていた。

「映画撮るつもりでやってね」

「……前向きに善処することを慎重に検討させていただきます」

秋都はひねくれた返事をしたが、楓は微笑んだままでいた。

「秋都にお願いしてよかったよ。これからもよろしくね」

隣に座っている楓が小さくお辞儀をして。上目遣いになった彼女の瞳が秋都の視線にぶつかる。その瞳にはどこか緊張の色があり、彼女も照れているのかもしれない、と思えた。少し、気恥ずかしい。

「はいはい」

「やったぜ」

くしゃりと笑って、ピースサインを出して見せる楓。子どもか、と言いたくなる。

「……なんか、楓って生きてるのが楽しそうだよな」

秋都の口から洩れたのは、あまりに屈託のない楓にたいして浮かんだ率直な気持ちだった。彼女のそんな姿が、あまりにも自分とは遠くて、わからない。わかりたいとは思っても、わからない。

「当たり前じゃん。楽しいよ」

楓は、街から海へと変わった車窓をまっすぐに見つめつつ答えた。明朗でよく通る、澄んだ声。穏やかなのに力強い言葉。

「それはなにより」

皮肉っぽく聞こえたかもしれないが、それは秋都の心からの本心だった。

それから目的の駅に着くまでの間は、くだらない話をした。カレーの具にはなにを入れるのが好きかということ、子どものころ観ていたアニメ、流行っている歌の歌詞。

一通り話し終えると、楓は手帳を取り出して何かを書き始めた。楓はちょっとした時間によくそうしている。尋ねると、日記を書いているとのことだった。

やがて日記も書き終わったらしく、楓は眠ってしまった。ああは言っていたが、やはり、疲れてしまったのだと思う。彼女は、意外に体力がない。

秋都は目的の駅に着くまで楓を起こさないようにして、それから一緒に遊園地に行った。彼女が熱望していたお化け屋敷にも入ったわけだが、予想以上に怖がりだった楓が涙目で引っ張ったせいで秋都のTシャツは生地が伸びてしまった。

長い一日を終えて楓と別れ、家路につくころ。すっかり暗くなった道を行く。秋都は自身のなかにある感情が生じていることを認めて、受け入れた。

映像を撮ること、一ノ瀬楓という女の子。自分が、そのどちらにも惹かれているということを。

〈シーン2　カット〉

「やっぱり、どれも思ったより伸びてませんね。くそう」

秋都の通う芸大のキャンパスには木々が多く、その木陰に設置されたベンチも多い。

講義と講義の間の空いている時間にそこに呼び出された秋都は、外見や声質に似合わない悪態をつく後輩に付き合わされていた。もっとバズるための作戦会議をしましょう、とのことだったのだが、それはそんなに必要なことなのだろうか。

「クソ、っていうほどダメでもないと思うけど」

「え？　私、クソなんて言ってないですよ？　先輩の聞き間違いじゃないですか」

秋都の指摘をうけて、後輩は、つまり胡桃沢千歳はスマホから顔を上げて可愛らしい表情を作った。そんな彼女に少しはあきれるが、逆にたいしたものだとも秋都は思っている。率直すぎて疑う余地がない。なので、あえてこれ以上追及はしない。しなかったのだが、胡桃沢のほうが認めた。

「嘘ですホントは言いました。まあいいですよね！　どうせ先輩って人間関係皆無だし、私のアレな言動をいちいち吹聴する気もないでしょうから。なので思う存分言います。くそう、なんでだ……！」

最初からその気配はあったのだが、胡桃沢の秋都への接し方は他の人物へのそれとは異なり、日に日にその違いが大きくなっている。計算高い彼女のイメージ戦略のなかで、秋都は対象外に分類されているのだろう。

「いや、……再生数万とかだろ。知らんけどそれは多いんじゃないの」

怒れる胡桃沢。一応秋都もスマホをスワイプして胡桃沢があげている最近の動画を確認してみた。秋都が撮影と編集を任されてから投稿した五つの動画については平均すると五万回程度閲覧されており、チャンネル登録数もそれに伴い増えている。それ以前に彼女が一人であげていた動画の最高記録が二万回程度だったことを考えるとそれなりの成果と言えなくもない。

が、胡桃沢はミルクティーを一口飲んでから小さくため息をつき、それからチッチッと人差し指を振って見せた。

「この程度じゃダメですよ。そりゃ、先輩にお願いしてから伸びましたし感謝もしてます。でも、私はもっとバズりたいのです。というかですね。私の可愛さと歌に先輩の映像が加わったんだから、もっと伸びてしかるべきなんです。まったくもう世間はわかってませんね」

不満そうな胡桃沢に、秋都も小さくため息をついた。そんなもんかね、と内心でも思う。これまで撮影・投稿してきた動画はすべて胡桃沢のプランにあわせて撮ったものであり、どれもそれなりのクオリティにはなっている。そして、それなりのクオリティにしかなっていない。ふわふわしたお洒落な世界にいるふわふわした美少女。

秋都は、その程度の感想しか持っていない。むしろ絶賛のコメントをよせている人たちのほうが不思議なくらいだった。ただ胡桃沢の言う通り彼女は容姿に優れていて、歌もうまい。そして秋都も撮影や編集については素人ではない。だから多少は評価される。ゆえに結果としては『こんなもん』なのが妥当だ。むしろ出来すぎなくらいだ。

「あ、コイツ。またアンチコメントしてますよ！　むきー、むかつくぅ」

　スマホをスワイプしていた胡桃沢がそんなことを言った。どうやら粘着質なアンチも発生しているらしい。秋都からすればそんなことどうでもいい気がするのだが、彼女にとっては違うらしい。それにしても人気者である胡桃沢はパブリックイメージよりはるかに口が悪く、言うほど愛されキャラではないように思えた。おそらく秋都以外からはもっと好感度を稼げる言動をしているのだろう。

　そういえば、と秋都は思った。胡桃沢が徐々にこんな風になるにつれて接しやすくなっている。少なくとも、他の人間と話すよりはマシに感じられる。自分のほうも、率直に話していいような気がしてくるのだ。

　だがそれにしても、コメント欄に書かれているだけの文章に一喜一憂する胡桃沢が理解できない。だから秋都は缶コーヒーを一口啜り、ふと口にした。

「そもそもなんだけどさ」

「はい？　なんですか？」

「俺は全然わからない。なんでそんなにバズりたいわけ？」

　深く考えての問いかけではなかった。だから、胡桃沢が一瞬黙り込んだことに驚く。

　普段の会話のテンポが速い彼女だから、なおさらだ。

「胡桃沢？」

不思議に思い、後輩の顔に目を向ける。胡桃沢は今までに見たことのない表情をしていた。いや違う。表情が、なかった。木漏れ日に照らされたその顔貌には、いかなる感情も宿っていないようにみえる。

「やだな、せんぱい」

胡桃沢は無表情のまま、淡々と続けた。

「バズるってことは、たくさんの人に伝わって、好かれてるってことです。愛されてるってことです。愛されることはいいことだし、生きる意味になります。私はそうありたいんです。誰にも伝わらないものは、ないのと同じです。おかしいですか？」

無機質な声色。いつも明るく可愛く甘い口調で話している胡桃沢だからこそ異様に思えた。秋都が絶句してしまうほどに。だが、それも一瞬のことだった。

「なんて。あはは。普通に考えてくださいよ。再生数増えたらお金も入りますし、いろんな展開も増えるじゃないですか。っていうかチヤホヤされたいですし？　そんなシンケンに考えるようなことじゃないですよフッー」

やだなぁ先輩は、わかんないですか？　そう言って笑う胡桃沢はいつものように華やかな空気を纏っていた。ベンチの前を歩いていた知り合いに手を振られ、それに応えて小さく手を振ってもいる。手の振り方まであざとく可愛らしい、いつもの彼女だ。

「そう、か。俺にはよくわからないけど……言ってることは、わかった」

さっきのはなんだったんだろう。そう思わなくはないが、少なくとも胡桃沢の言っていることの意味はわかる。金銭を得たいという欲も承認欲求も、個人によって大小はあるだろうが誰でも持っているものだろう。そして胡桃沢はそれが大きい。というか、強い。ゆえに、学内での人間関係でも、インターネットの世界でも、人気者になる努力を惜しまない。そういう意味では真摯である。胡桃沢は、楓とは違う動機で俺に映像を撮らせている。

秋都には共感も納得もできないが、理屈としての理解はできる。むしろ羨ましくすら思えるし、率直にそうしたことを語る胡桃沢だからこうして気安く話せるようにも思う。だからだろうか。秋都は一つの案を思いついた。スマホを操作し、保存しておいた動画データを表示、それを胡桃沢に見せる。

「ん？　先輩？　なんですか？」

「これ、投稿するってのは？」

秋都が示したのは、最初に胡桃沢のショート動画を撮影した日にボツとなった動画だった。他の動画とは異なり、胡桃沢によるシーンプランではなく、ふとした瞬間を収めたものだ。その後編集もしている。

「…………それは、正直私もちょっと考えはしたんですよね……。うーん。でも」

胡桃沢は顎に手をあて、なにやらモニャモニャと言葉を濁らせた。

「たしかにですね。コレはなんか謎のエモさがあるし、アーティスティックな感じだし、目を引く感じではあるんですよね……。でも私のイメージがですね」

　数秒が経過。秋都は特に口を挟まず、ぶつぶつと考えこむ胡桃沢の回答を待った。秋都としては別にどちらでも構わない。さらなる高みを目指す胡桃沢にとっての一つの可能性として提案しただけのことだ。その、はずだ。

「まあ、俺はどっちでもいいけど」

「うーん。そうですよね。ここは……。んにゃ、やっぱりちょっと待ってください」

　さらに数秒が経過。

　胡桃沢は突然、ベンチから立ち上がり小さな拳を握りしめて言った。

「……よし！　じゃあ、それで行きましょう！　うん。このままだとジリ貧かもですしね。とりあえず色々やってみる的な感じで。ダメそうならすぐ削除で！」

　そこまでたいそうな決意がいるものなのか、と思わなくもない秋都だったが、お好きにどうぞとジェスチャーで示しておく。

「あ、でもこれ、説明欄に先輩の名前を目立つようにだしてもいいですか？」

「なんで」

「や、だって今までのと感じが違うわけじゃないですか。だから、撮影・編集ダレソレ、みたいにハッキリクッキリ書いておけば言い訳が立ちます。ああ、今回は外注したのね的な。つまりウケが悪かったとしても私のせいではなくなるというわけです！　もし当たったら当たったで、センスあるプロと組んだってテイにできますし！　ナイスアイディア！　天才！」

　胸を張っておどけたピースサインを出してみせる胡桃沢。秋都は呆れつつも感心してしまった。気持ちがいいほど小賢しい。ただ、問題はある。

「いや、俺の本名はさ……」

「あ、そうでしたそうでした。先輩、今年の興行収入ランキング一位の泣ける映画の主人公でしたね」

　胡桃沢はふむ、と小さく頷き、それから悪戯っぽく笑った。

　嫌な予感がする。例えば『むしろそのほうが好都合ですよ名前だせば注目集められる！』と言われるとか。いや言いそうだ。たしかにそれはその通りなのだが、秋都としてはいろいろな意味で避けたい。

「言っとくけど……」

　先手を打って断っておこうとした秋都だったが、胡桃沢のほうが次の言葉を発するのが早かった。

「先輩の知名度で人気でても嬉しくないし。あ、そうだ。最初に先輩の映像作家名決めてましたよね。えーっと、あ、そうだＡＫＩだ！　じゃあそれでいきましょう！」

やや予想外の胡桃沢の提案。秋都はぽかんと口を開けてしまった。

「じゃあ投稿しますね。……よし！　あれ？　先輩、どうかしました？」

そして、秋都がぽかんとしているうちに胡桃沢はなにやらスマホ操作を終えている。

「は？　え、なに今アップしたわけ？」

「はい。だって早くやりたいじゃないですか。今昼休みの時間だし、タイミングも悪くないです。さてさて。どうなるかなー」

ウキウキした様子でスマホを見ている胡桃沢は、ベンチに腰かけた足をぶらぶらと揺らしつつ澄んだ声で鼻歌を歌っている。秋都からすれば恐るべき早業とメンタリティだ。

「あ、そろそろ三限始まっちゃいますね。行きましょうか」

胡桃沢は軽くそう言うと、よっ、と掛け声をあげてベンチから立ち上がった。

秋都も三限には講義が入っているので、そろそろ移動しなければならない。

「あ、ああ。じゃあ、これで」

一連の流れにあっけに取られてしまう秋都。

「ではまた！　あ、今あげた動画どうなるか、一応先輩もチェックしてくださいね」

芝居がかった敬礼をして、ウインクまでしてみせる胡桃沢。

これで解散となり、作戦会議とやらは予想外の流れと結果で終わった。

秋都は三限に入っている視覚メディア論の講義室に入って席につき、講義が始まるまでのわずかな時間を過ごす。話す友人もいない秋都なのでいつもならば教科書を読んだりして開始を待つ。だが、今日はそんな気にはなれなかった。脳裏によぎるのは、疑問。

俺は、何故あんな提案をしたのだろう。

「……いや。本当は、わかってる」

始業前、学生たちで騒がしい講義室の机に突っ伏し、秋都は独り小さくそうつぶやく。

秋都がボッ動画のアップを提案したのは、一瞬だけ虚無を感じさせるほどに表情を失った胡桃沢が発した言葉に聞き逃せない部分があったからだ。

『それは、生きる意味になります』

生きる意味。秋都には存在しないもの。もしそんなものがあれば、楓から受けた呪いが呪いではなくなるもの。ずっと求めてきて、そして得られずいつしか諦めたもの。

胡桃沢の言葉を借りれば、バズれば、多くの人に伝われば、秋都にもそれが得られるというのか。

だが、ここしばらく撮影してきた無数のそれっぽいショート動画が仮にどれだけ拡散されようとも、なんとも思わない気がする。

そもそも、よく考えてみれば秋都が撮影した動画は、すでに日本中の人間が観ているではないか。生前の楓を映した、あの映画のエンドロールで流れた無数のカットだ。多くの人が、泣けたと絶賛している。誰もが、死んでしまった楓を哀れみ、別れで終わった青春の物語を摂取している。秋都はそれを少しも嬉しくは思わない。亡霊となった楓がいたとしても、きっと喜ばないのではないだろうか。切なく哀れで美しいと泣かれるために撮ったわけじゃないと怒るかもしれない。

だが、一方で感じていることもある。

胡桃沢を撮ったあのボツ動画には匂いたつ魅力がある。あの瞬間の街と雨、そして意識して表情を作っていなかった胡桃沢の横顔を切り取った画には、くすんだ輝きがある。もう認めてしまうが、俺はそう感じている。だから、ほんの少しだけこう思ったのかもしれない。

俺が美しいと感じたこの光景は、誰かに届くのだろうか。生き死ににまつわる物語を加工してメッキをかけてラッピングした映画のエンドロールでなくても、醜いほどに美しく歪めたストーリーがなくても、俺が撮った映像は、届くのだろうか。

そして届いた誰かがこの光景を美しいと感じたとき、俺はどう思うのか。

「……俺は」

俺は、に続く言葉がなんなのか。秋都自身にもわからなかった。

時間に正確な視覚メディア論の教授がやってくるまであと一分。秋都はスマートフォンを取り出し、ミュートにしたうえで胡桃沢のチャンネルを開いた。

「え」

さきほどアップしたばかりの動画は、とんでもない速度で再生数のカウンターが更新されていた。

〈セツナイ恋の物語――本当の話――シーン3〉

「くらえっ！」

少年漫画の敵キャラのようなセリフとともに、楓は右足を蹴り上げた。彼女の右足は波打ち際に置かれていたため、水飛沫が舞う。飛沫は真夏の太陽を反射してきらめき、砂浜には一瞬だけの小さな虹がかかる。波打ち際ではしゃぐ楓のバカみたいな明るさとあわさり、その光景は恥ずかしくなるくらいに真っすぐな青さを放っていた。

ただ、楓のキックによる水飛沫が秋都のほうに飛んできたせいで、今の映像には小さな叫びが入ってしまったし、尻餅をついてしまったのでカメラがブレているだろう。

「あははは っ！」

どうやらすっころんだ秋都の様子がおかしかったらしく、声をあげて笑う楓。録画を停止し、こちらに手を差し伸べてくる彼女の笑顔がラストショットとなる。

夏休みに入ったばかりのその日。秋都は撮影のために楓と海にきていた。地元のわりにはあまり来たことがない湘南の海岸は、時間が早いためかまだ人影がまばらだ。

「……なんでこっちに向けて蹴るんだよ。このカメラは防水じゃないんだぞ」

秋都は差し出された楓の手には捕まらずに立ち上がり、足についた砂を払った。楓は、そんな秋都にくすくすと笑みを漏らす。

「ごめんごめん。だって、映画とかでよく見るじゃん。こういうの。こう、波打ち際で水をかけあって楽しそうなカッポー」

楓の言っているシーンは容易に想像できるが、状況にはあっていないように思える。

まず第一に自分たちは恋人同士ではないし、楓はともかく秋都はそうしてはしゃぐことを楽しめる人間ではない。あの水をかけあうやつや、あるいは波打ち際で追いかけっこをするやつは最終的にどうやって終わるのだろうと疑問に思っているくらいだ。

なので秋都は楓の発言を無言で受け流し、今撮り終えたデータのチェックに入ることにした。

「あ、私にも見せて」

秋都が砂浜に座ったままｉＰｈｏｎｅの画面をみていると、楓が隣に腰かけてきた。肩が触れ合うほどに近づき、画面をのぞき込んでくる。右側から、ほのかに柑橘（かんきつ）類のような香りがした。

「楽しげ！　これはどういう風に編集するの？」

「あー……」

楓の言葉に、考えをめぐらす。最近では、撮影した動画を編集したうえで保存するのが当たり前になっていた。

「……最初は海だけをしばらく映す。楓が波でバシャバシャやってるところはミドルレンジから普通に。波の音には軽くエコーを入れる。君が俺に水を蹴ってきたところはほんの少しだけ寄せてスローに。で、俺が倒れて画像がブレたところで一度ブラックアウト。一瞬後にまた君。ここはアップ気味で。……とかかな。合う音楽があればそれも入れる」

さきほど見た光景を動画として残すにあたり思い浮かんだイメージを伝える。楓は、ほお、と感心したように口を開け、ふむふむ、と頷いてみせる。

「ほーう……」

そんな楓の様子はなんとなく、大袈裟（おおげさ）に感じた。

「なんだよ。変か？」

ぼそり。秋都がネガティブな口調でそう告げると、楓は心底不思議そうな表情を浮かべたあとで、ぶんぶんと手を振った。

「違う違う。ホントに感心してたんだよ。ちょっと想像してみたけど……うん！　やっぱりイイ感じになりそうだなって」

　楓は砂浜で立ち上がり、数歩だけ波打ち際へ歩いてから振り返った。数歩の歩みの間に、映像を頭の中で再生したらしい。

「秋都が撮るとさ、紫陽花も、空も、海も、……へへ、あと私も、綺麗にみえるよ」

　振り返った楓の目はまっすぐに秋都を見つめてきた。ふわりとした笑顔で告げられた言葉に、体の奥のほうが熱くなったような錯覚を覚える。

「前から思ってたけど、秋都はそういう撮り方とか編集のやり方とか、どうやって思いつくの？」

　彼女は、質問をするときもまっすぐで、純粋にそれを知りたがっているのだということが表情でわかる。そんな楓の瞳を見ていると落ち着かない、適当なことが言えない気になってしまう。

「それ、は……」

　楓は、ちゃんと生きている。だから、ちゃんと生きていない俺は、せめて誠実でいなければならない。そんな風に、思わされる。

「……思いつくっていうか……」

　すぐにはうまく説明ができない。自分のなかにあったものを整理して、なんとか言葉にしていく。たどたどしく、一言ずつ。

「別に、実物より綺麗にとか、盛ろうとか、考えてるわけじゃない。なんていうか、俺がその光景をみたときの感じを、再現しようとしてる。……かもしれない」

口にするとしっくりきた。そうだ。俺は、俺の心に映った光景を映像にしている。

「うん？　それどういう意味？」

しかし楓にはうまく伝わらなかった。小首をかしげ、唇を尖(とが)らせている。

「だから……。例えば今撮った画。俺には君が蹴った海水が跳ねるのが少しだけゆっくりに見えた。転んだせいで目の前の景色から一瞬だけ気持ちが離れて、気づいたら君が笑いながらこっちに来てた」

おそらく上手くはないであろう秋都の説明だが、楓は口を挟んでこない。ただ、ちゃんと聞いてるよ、とその瞳が語っている。その空気が、秋都に言葉を続けさせた。

「……もちろん、実際には時間はゆっくり流れたりしないし、見ているものは途切れない。でも、俺がゆっくりに感じた動きは編集で遅くする。意識が切れたところはブラックアウトを挟む。実際に距離が近づいてなかったとしても、目がひきつけられたところはズームにする。その光景を見ていた時に感じた気持ちを連想させる音楽があればあわせる。ただ、実際の光景をそのまま撮るんじゃなくて、その時の気持ちを映し出すっていうか……」

最初は絞り出すようにしてゆっくりと、話すうちに徐々に自分のことがわかってきて、次々と。秋都は、らしくもなく口数が多くなっていた。

「あー……。わけわからんよな。ってか、素人が何語ってんだよって感じだよな。悪い」

話しすぎた。そう気づいて口元を押さえた秋都だったが、楓はゆっくりと首を横に振る。

「ううん。なんとなくわかった。秋都が撮った映像は、秋都の心が見た世界なんだね」

そう言った楓の足元まで波が寄せてきて、彼女は冷たいとはしゃいだ。

「……えらく詩的な表現だな……」

「照れなくてもいいじゃん」

ぱしゃぱしゃ。楓は素足で海水や砂と戯(たわむ)れる。秋都は、もう一度カメラを起動したくなったが、おそらく間に合わない。だからただ、覚えていようと思う。

「多分さ、秋都って色んなことが面倒で、イヤで、汚くみえてるんでしょ?」

その通り過ぎて答えられない。口にすれば人を不快にさせるだけだと知っているから。

「だけど。ううん。だから、ときどきだけ出会える綺麗なものを繊細に感じることができるんじゃないかな」

また、何も答えられない。だが理由は違った。そんな風には、一度も考えたことがない。そして、信じられなかった。

だから秋都は、ただ黙って彼女の声と波音が織りなす音を聞いていることしかできなかった。

「いいなー。秋都は」

あっけらかんとした口調。だが秋都にはさっぱり意味がわからない。羨ましいのは、自分のほうだ。懸命で、全開で、生きることが楽しくてたまらないような楓が、本当に眩しかった。

「……なにが」

「だって秋都にはあんなに綺麗に見えてるんでしょ？　紫陽花も、空も、海も……あ」

楓はそこで言葉を止めた。あきらかに途中で何かに気づいて止めた。そして、唇をキュッと結び、頰を赤くしている。目は泳いでいて、足元は落ち着きがなく砂を踏み、もじもじと揺れている。胸元に手を当ててもいる。

楓が何を言いかけたのかということくらいは秋都にもわかった。そしてそれは秋都のほうがよほど恥ずかしい内容である。だが否定はしない。たしかに秋都の目には、そう映っていたから。

「……あー……」

「なんか言えよ」

気まずさに口を結んだ秋都に、楓の鋭い指摘が入った。だが秋都はやはり何も答えなかった。ただ、彼女のムスッとした表情が新しくて、カメラを向ける。

「あ！　こら誤魔化すな！」

別にそんなつもりはなかった。ただ、今の表情も切り取っておきたかっただけだ。

「カメラは私が預かります！」

ただ楓は不満だったらしく、そう言って秋都のカメラに手を伸ばした。それを避けようとした秋都は後ずさりをしたのだが、砂に足をとられてしまった。

「っと」

「あぶなっ！」

後ろに転びかけた秋都の手を楓が摑んだ。だが、体重差もあるので結局二人してもつれるように砂浜に倒れこんでしまった。

反射的にそうしていたのか、秋都は楓を抱きとめるような姿勢をとっていた。

すぐそこに、楓の顔がある。砂浜というベッドに二人で寝ているような状況は、他人がみれば確実に恋人同士がじゃれあった結果に見えるだろうと思われた。

「ご、ごめんね、秋都」

「いや。俺も。ケガとか大丈夫？」

「うん、なんともないよ」

楓は、何故かすぐに起き上がろうとはしなかった。

こんなに近くで楓の顔を見たことはなかった。白磁を思わせるような滑らかな肌、その頬はほんのりと朱を浮かべているようにみえた。こちらを見つめてくるそのキャンディのような瞳は少しだけ濡(ぬ)れている。

「大丈夫、だよな？」

「大丈夫、だよ」

30センチの距離にいる彼女。腕のなかに収まった華奢な身体(からだ)。あまりにも近すぎて、彼女の鼓動までも伝わってくるような気がする。同時に秋都の鼓動も楓に伝わってしまうような気がする。

「あー……」

「……うん」

「……と、とりあえず、起きるか。立てる？」

「た、立てる！」

楓は慌(あわ)ててそう言うと、まるでバネ仕掛けのようにして起き上がった。秋都に背を向けて、服についた砂を払いながら何か言っている。

「や、やー、びっくりしたね。うんうん。なんかこう、ラブコメの風を感じたね。あるんだね、こういうことって」

楓は海のほうを向いているためその表情は秋都には見えない。ただ、耳が赤くなっていることだけはわかった。

　俺の耳は今、どんな色になっているのだろう、なんてことを秋都は思った。

　それからしばらくして撮影を再開したのだが、その後の撮影はあまりいい画が撮れなかった。被写体とカメラマンの落ち着きがなかったから、なのかもしれない。

　夕日が落ちてくるころになってやっと撮影が終わり、二人で砂浜を歩く。別にロマンティックに散歩をしているわけではない。たんに、駅に向かっているだけのことだ。

　いつもは先を急ぐようにして元気に前を行く楓が、秋都の数歩後ろを歩いているのが珍しかった。

　どうしたのだろう。そう思って歩みを遅くしてみる秋都だったが、楓が並んでくる気配がない。同じだけペースを落として、ついてくる。

「疲れたのか？」

　心配になり、振り返る。楓は後ろで手を組み、空を見上げながら歩いていた。夕日が、楓と砂浜をオレンジ色に染めている。

「んーん。疲れてないよ。ただ」

「ただ？」

「予想外なことになっちゃったな、と思って。まさかだよホント」

「……なんの話だ？」

「教えんし。いいから、秋都は前向いて歩いて。大丈夫、ついてくから」

「はあ……？」

意味不明だが、そう言われればそうするしかない。ただ、これで体力のない楓に倒れられたりしても困るし、なにかあれば対応しなくてはならない。なので、秋都は背後に気配を感じ取れるぎりぎりの距離を保ちつつ、しかし努めてそうしているとは悟られないように歩いた。

ざ、ざ、ざ。さく、さく、さく。

砂浜を行く二人の足音が連なり、波音と混ざり合う。

楓が何も話さないので、秋都は自分の心と会話をしていた。

今日、いや少し前から、思っていることがある。

自分のことが嫌いなのは変わらないし、死んでしまいたいという気持ちは消えない。だけど、それでも、この世界はそう悪くもないのかもしれない。

楓は言った。生きているのが楽しい、と。秋都にはきっと一生共感できない。しかし楓が本心でそう思っているのはわかる。彼女のような人間が、そう思っているのなら、心から楽しく生きているのなら、この世界には価値がある。価値があってほしい。もしかしたら自分もいつか、生きることに前向きになれるかもしれない。

確信とは程遠い、おぼろげな期待。背中越しに楓の存在と、彼女によって芽生えた期待を感じながら、砂浜を踏みしめていく。

ふと、秋都の左手に温かい何かが触れた。柔らかくて、細い感触。それが楓の右手だと気が付くのに数秒を要した。

「え」

手を繋いでいる。楓のほうからそうしてきた。それは予想外のことで、だから秋都は言葉を失ってしまう。手を振り払うことはできなかった。そうしたいとも、思わなかった。

「……いや？」

耳にくすぐったいような楓の声。そこにはわずかな緊張と、恐れの色があった。

「……いや、ではない」

「そっか」

短いやりとり。だが、それだけで十分に思えた。握った楓の手から伝わる温かさや、二人を包む空気は心地よくて、なのに落ち着かなくて、フワフワした気持ちになる。

秋都は歩く速度をさらに遅くした。繋いだ手は、そのままに。このまま、ずっと先に進んでいけるような気がした。楓と二人でいれば、そうできる気がした。

どれくらい、そうして歩いていただろう。砂浜を抜けて遊歩道に出る直前になり、楓が消え入りそうな声でつぶやいた。

「あのね、秋都」

　彼女らしからぬ音に、もう一度振り返る。楓は、もう半分ほどが海に溶けた太陽のほうを見つめていたが、ゆっくりと秋都のほうに向きなおった。

「どうしたんだよ。ほんとになんか変だぞ」

「なんか、私の気持ちが予想外のことになっちゃったからさ。やっぱり秋都には今のうちに言っとくことにした。重大決心だよ。あとで日記にも書いとかなくちゃね」

　楓が言っていることがさっぱりわからない。ただ、何故だかイヤな予感がした。その続きを聞きたくないと、秋都の体の奥のほうが伝えてくるように思えた。だが、現実というものは、いつも希望よりも速くて強い。

「ホントは、最後まで秘密にしてようかと思ったんだけど」

　沈み始めた日は早い。空は紫に染まり海辺に夜が降り始めるなか、潮風になびく髪を押えた楓はふわりと微笑み、なんでもないような様子で言った。

「私、もうすぐ死ぬんだ」

〈シーン3　カット〉

　例のボツ動画、投稿の際に『16秒MV@渋谷』というシンプルなタイトルがつけられたショート動画は、爆発的な速度で拡散・認知されていった。百七十万再生という数字は、動画投稿界隈（かいわい）に明るくない秋都ですら只事（ただごと）ではないとわかるものだ。

　投稿直後、その異変が起き始めたことに気づいた秋都は最初何が起きているのか理解ができなかった。更新するたびに再生数が増え、評価が上がり続け、スマホを握る手が汗ばみ、口の中が乾いた。

『アンニュイが過ぎる美少女』『許容できない切なさ』『謎のエモさが無理死ぬ』『この歌の続きを聴くにはいくら投げ銭すればいいんですか』『ちとせちゃんの尊みがすぎる』『名作映画のワンシーンみたい』『普通にメジャー曲のMVかと思った』などなど。数日もしないうちに読み切れないほどのコメントが寄せられ、#センチメンタルが過ぎる十五秒というハッシュタグで他のSNSでも拡散され、海外にまで伝わり、ネットニュースにも取り上げられた。たかだか十五秒の映像が、である。

　完全に、例の状態になったといえる。つまり、胡桃沢が言うところの、バズったというやつだ。

　当然、胡桃沢の反応は大きかった。おそらくはこの動画を知る他の誰よりも大騒ぎだ。

「先輩先輩！　えぐいことになってますよこれ！　ほらこれ！　アガるー！」

　まずは動画を投稿した直後の講義を終えたあと、秋都のいる講義室に駆け込んできて、スマホをみせてきた。頬が紅潮していて、目を丸くして、浮かれ放題だ。そんな彼女に呼応するように、スマホのほうも通知をひっきりなしに伝えてくる。ぴろんぴろんぴろんぴろんぴろん。どうやら、コメントなりレコメンドなりがされた音のようだった。

「ふふふ。世間がようやく私に気づきましたね。これは伸びますよー。……で、先輩、ものは相談ですけど」

となると、胡桃沢が次に何を言ってくるのかは予想できる。

「可及的速やかに次の動画を撮影して投稿しましょう。こういうのは話題がホットなうちに追撃したほうがいいです！」

というわけで、いくつかの動画を撮った。バズったものと雰囲気を似せたものを意図的に撮ろうとしたわけだ。

都会の雑踏、物憂げな胡桃沢、エモーショナルな楽曲、それらを組み合わせて投稿。それらも、ある程度は伸びた。だが、最初の『16秒MV@渋谷』に並ぶことはなく、緩やかに人気が落ちていく。同じようなショート動画が流行ったため、他の投稿者たちのそれのなかに、埋もれていく。

「そんな気はちょっとしてたんですよね。最初の動画を見たときは、なんかこう、キュッとした感じがしたんですが、そのあとのはなんか違いました。まずいですよこれは。このままだとすぐ消えます。……それはまずい。どうしましょう」

胡桃沢はそう言ってきて、秋都は打ち合わせに付き合った。その打ち合わせも、それ以上の撮影も、断ることはできた。バズる、という当初の目的は十分に果たせていたからだ。だが、秋都はそうしなかった。何故か？

胡桃沢ほどではないが、秋都の感情が動いていたからだ。ほんの少しだけ、だが予想外に。

胡桃沢は本人が言う通り、あるいは客観的に言っても愛らしい容姿や声を持つ美少女であるため、彼女のファンが増えることも不思議ではない。だが、『16秒MV@渋谷』だけが広がり続ける現状はそれだけでは説明がつかないのかもしれない。

映像として再現した美しさが、つまりはあの瞬間の秋都の心に映った輝きが、多くの人に伝わったのだろうか。もし、そうであるなら。

増え続ける再生数やコメント数はただの数字だ。だが、数字の奥には人がいる。おそらく彼らは、あの日の渋谷の光景を見ても特になんとも思わず素通りしていたはずだ。だが彼らはこの動画を美しいと感じている。あの日の秋都と同じように。

『これ撮影した人の他の動画もみたい』

そんなコメントがあった。胡桃沢が名付けたＡＫＩという映像作家に着目する人もいた。秋都はそうした反応に対して感じた気持ちを何と呼べばいいかわからなかった。

ただ、今まで感じたことのない感情であることはたしかだ。痺れのような感覚、足元がふわふわと浮かぶような錯覚。必要もないのに動画への反応を数回確認し、その現実感のなさにクラクラする。再生数が伸びること自体に思うことはない。ただ、具体的な誰かを、秋都が撮った映像を見て何かを思った誰かを想像すると、落ち着かない気持ちになる。同時に、罪悪感を覚える。

この感情は、なんだ？

これは承認欲求とか自己顕示欲によるものなのだろうか。そんなものが、俺にも人並みにあったのか、いや、違うような気もする。もしそうした欲求があるのならば、ＡＫＩという名前を前面に押し出したくなるはずだ。だがそうは思わない。なんなら名前なんて出なくてもいい。自分が評価されること自体を喜んでいるのかどうか、わからない。では、この感情はなんなのだろう。はっきりしない。

だが、経験のない心の動きがあったことは事実だ。それは秋都の人生においてはとても珍しいことである。

だから胡桃沢との活動を続けた。自分の心に起きた波紋がなにか、たしかめるために。

彼女との打ち合わせと試行錯誤を経て、動画の撮影スタイルが変わった。これまで撮影の主導権、つまりはシーンプランやロケーションの決定権は胡桃沢にあったが、これが秋都へ。

「多少イカンの意もありますが、先輩のセンスで撮りましょう。多分、そのほうが伸びます」

打ち合わせの場所として定番となった空き講義室で、胡桃沢はきっぱりとそう言った。

「……胡桃沢はそれでいいわけ？　遺憾なら別に無理しなくても」

「多少ですよ多少。それよりは人気があがるほうが大事です。だって、私が映っていることは変わらないですし、撮影のときは私もちゃんと自己表現するわけですし。大体、ほとんどの視聴者は映像作家より被写体のほうに注目するものです！　人気出ればそれでいいです！」

そんなものなのだろうか。胡桃沢はちっちっ、と指を振って訳知り顔である。秋都には理解できなかったが、それを言うならそもそも自分を撮影した動画を公開する胡桃沢の気持ち自体共感できない。秋都はまったくそんなことはしたくない。たとえどれだけ評価されたとしてもだ。ただ、自分が撮影した動画がもたらす波紋を確かめたい気持ちはある。だから、胡桃沢と秋都の利害は一致した。

以降、撮影は様々な場所で行った。秋都がこれまで生きてきた中で出会ってきた風景、美しいものばかりではないが、印象に残った場所やシチュエーションの中に、胡桃沢の姿を収めていく。

スタイルを変えて最初の撮影は、荒川の土手だった。高校まで過ごした湘南のほうが、撮りたい場所は多かったが、現在住む都内からは距離がありすぎるための選択だ。

芸大に進学し都内に引っ越した後、友人も趣味もない秋都は無目的にあちこちを歩き回っていたが、この土手もその際に目にした印象的な場所だ。

　夕焼けの土手をロングショットで収める。オレンジから紫に変わっていく光の中で、一人歩く胡桃沢。あえてロングショットのまま、可憐だとして人気の胡桃沢の容姿にはあえてフォーカスせず、シルエットだけを捉える。それから胡桃沢は土手に座り込み、缶コーヒーを飲む。ここでカメラの明度を調整し、シルエットだけだった胡桃沢の姿をわずかに浮かび上がらせる。座る胡桃沢の後ろを行きかする人々、ジョギングをする中年男性や犬を散歩させる女性、走る子どもたちの姿はすべて個人を識別不可能な影として撮影。完全に陽が落ちて、人気が消える。一人になった胡桃沢が夜空を見上げ、歌のサビの部分を歌う。

　――初めて来たのに、懐かしい場所。穏やかで温かいのに、どこか寂しい――

　やはり英語の歌詞。あえていえばノスタルジーとかセンチメンタルとか、そうした明言し難い感情を歌う詞。秋都は胡桃沢のその歌を聞いたからこの場所を選んだ。

　映像の最初から歌を流しつつ、サビのワンフレーズだけ画の中の胡桃沢の口に重ねる。そしてサビの途中で映像も歌も停止し暗転。そのまま尻切れトンボに動画は終わりだ。

　そういう風に撮影して、そういう風に編集した。寂寥感のある美しさ、この風景に秋都が感じたそれは、胡桃沢の存在に溶けあい、より際立っているように思えた。彼女の普段のキャラクターからすれば、それは意外なほどに。なのに自然に。

『30秒MV@荒川』。そう名付けたこの動画は『16秒MV@渋谷』に並ぶ人気を博した。例によって胡桃沢は大はしゃぎの浮かれ放題だ。

やはり例の空き講義室で、映像の反響を確認していると、複数のコメントに使用される単語が目に付いた。

「エモい、っていう単語が多いな」

反響についての感想を尋ねられた秋都は、ただの事実を答えた。ただ、いまいちピンときてはいない。エモい、という言葉は知っているが、それを使う感覚がないのだ。

「当たり前じゃないですか」

講義室のホワイトボードに何か落書きしていた胡桃沢は不思議そうな顔をする。なんでわからないの？　とでも言いたげだ。

「当たり前？」

「風景や音楽や映像って言葉じゃないですよね。でも感想は言葉で言うしかないです。ホントは無理なんですよ、言葉じゃないものから感じたことを言葉で言うのは」

「……なるほど……？」

「でも言葉にしたいから、こーゆー単語を使うんです。多分ですけど、いとをかし〜とかもそうなんじゃないですかね」

秋都はそう話す胡桃沢の意外な聡明（そうめい）さに、少し納得してしまった。

「というわけで、次なるエモさの提供についてですが」

こうして、次々に撮影を重ねた。夜の公園、芸大のキャンパス、高層ビルの上層階。いずれも、胡桃沢が提案する曲のイメージに触発されて思い返した場所での撮影だ。あるいは、秋都が一人で撮影してきた風景に、あとから胡桃沢の姿を合成でいれることもあった。あるいは、特に形式ばって撮影の態勢を取ることなく、普段の胡桃沢をスナップ写真のように撮った。秋都に悪態をついているところや、何かにムカついて文句を言っているところ、食事をしているところ、大学の課題にウンザリしているところ。

彼女のオリジナル曲はそれほど数があるわけではないので、既存の楽曲のカバーに合わせる形となる。モノクロにしてみたり、早回しで星の動きを捉えたり、異なるシチュエーションを断片的につなぎ合わせたり、時には簡単なCGを加えることもあった。そうして何本もの映像が生まれていく。

最初にヒットした二本の動画の傾向を加味してか、胡桃沢が提案してくる歌もどちらかというとブルージーなものが多かった。本人はパーティーチューンの申し子のようなキャラであるはずなのに、それが不自然には感じない。音楽と画が妙にマッチしていた。

が、徐々に違うタイプの曲を軸にした動画の撮影も開始。不満を歌うパンク調のもの、素朴な童謡のようなもの、やたらと攻撃的なラップ。いずれも、どこかの光景と彼女の姿を組み合わせて公開し、それぞれの路線で反応は異なりながらも高い水準の再生数を残す。ただ、当初の彼女があげていたような明るくポップなアイドルソング、いかにも愛されそうな歌はことごとく外す結果となった。胡桃沢はそれを不思議がっていたが秋都はそうでもなかった。キャラクターにあっているはずのそうした曲は、実際に彼女が歌っているのを聞くと何か違和感がある。

いずれにせよ二人で作成した動画は次々にバズり、ＳＮＳ発のＭＶシリーズとして賞賛をもって世間に受けいれられた。

現実感がないまま、ただ周囲が目まぐるしく動いていく。

まるで一昔前の映画の演出だ。メロディが美しい流行りのＪポップにあわせて次々にシーンを変えて、セリフがないままに出来事をダイジェストで観客に伝えるあの演出。

そしてＪポップは終わり、一連の出来事の結果が示される。

胡桃沢千歳はＳＮＳ上に大量のフォロワーを抱える人気インフルエンサー兼シンガーとなり、ＡＫＩは謎の映像作家としてその名が一部界隈で認知されるようになった。

この間わずか二か月。あっという間の、出来事だった。

2

「と、いうことでー……！　かんぱいっ！」

もうすぐ夏が終わる夜、秋都は胡桃沢と同じテーブルについていた。場所は三軒茶屋のイタリアンバルである。今日の撮影が予定より早く終わったこともあり、これまでの活動の打ち上げをしようという胡桃沢の提案によるものだ。

「あー……。乾杯」

高々とコリンズグラスを掲げ笑顔を見せる胡桃沢に対して、秋都は低めに持ち上げたビールジョッキをあわせた。なお、別にビールが好きなわけではない。ただ、場を考えて適当なアルコール飲料を注文しただけのことだ。

「なんですか先輩、暗いですよ。せっかく私と飲めるというのに」

「はぁ……」

テンションが低いのは秋都にとってはいつものことなのだが、とりわけこういうシチュエーションでのふるまいは苦手だった。とくに誘いを断る理由がなく、また気力もないことから応じたわけだが、別に進んで胡桃沢と飲みたいとも思っていない。それに胡桃沢のほうも自分と飲みに来て楽しいのだろうか。なんのためにこの無気力で話も弾まない男を誘ったのか不思議でならない。

「なんですか？　私の顔になにかついてますか？」

「……いや。眼鏡、かけてるんだな、今日は」

胡桃沢の質問を適当にはぐらかすために口をついた言葉だったが、そういえば胡桃沢が丸くて大きなレンズの眼鏡をかけているのを見るのは初めてだ。メイクもいつもの感じと違う。どこか、文化系女子というジャンルを連想させる。

「あ、これ伊達メガネですよ。ほらー、私って今や人気のインフルエンサーですし？　男性と二人でいるのをフォロワーに見られたら炎上しちゃうかもですし？　変装ですよ変装。えへえへへ。それに先輩ですからね。私のイメージが」

困ったような口調を作る胡桃沢の声は弾んでいた。頬も緩んでいて、ぐにゃぐにゃと体をゆすっている。有名人ムーブを行うことに喜びを感じているようだった。だが、たしかに対策としての変装は必要なのだろう、とも思う。実際、撮影の現場で胡桃沢がファンと名乗る人たちに声をかけられるのを秋都は何度もみていた。

「……だったら打ち上げとかしなければいいんじゃねぇの……」

疑問に思ったことをそのまま口にする秋都。秋都は今更誰にどう思われようとどうでもいいが、例えばこの状況を芸大の連中が目撃した場合、おそらく噂が広まるだろう。あの可愛くて人気のインフルエンサーの胡桃沢千歳と、秋都だ。困るのは胡桃沢のほうだろう。

「すぐそういうことを言う。ホントにもう先輩は。だから友達がいないんですよ」

レモンサワーに口をつけた胡桃沢はくすくすと笑い、からかうような視線と人差し指を秋都に向けた。

「いいんだよ別に。ほっとけ」

秋都はビールを喉に流し込み、ため息をついた。

「あはは。でも、私は先輩と一緒にいるのけっこー好きですよ。だって、ラクですから」

奇妙な言い方だった。誰と比較して、何故そう思うのか、よくわからない。秋都はそんなことを考えていたが、答えを推測するより早く胡桃沢が話を変えた。

「それに、ここまで大成功ですよ。そして私たちはいわゆるパートナーなのです。そりゃ一度くらいこうしてですね、喜びをですね、分かちあおうというアレですよ」

たしかに撮影以外の目的で胡桃沢とこうして過ごすのは初めてのことだ。だが、胡桃沢のテンションにはついていけそうにもない。

「いや、俺は……」

「あ、すいませーん！　カプレーゼとアヒージョとプロシュートくださーい！」

どこまでもマイペースに見える胡桃沢に、秋都はあえて口をはさむのをやめた。ただ、ビールを飲み、胡桃沢の話に相槌を打つ。やがて供された料理を適当につまむ。

「これ美味しくないです？」

「レモンサワーって甘くないのが好きなんですよ」

「この前、人気インフルエンサーだけが集まる飲み会に呼ばれましてね」

次々に変わる話題、洒落た雰囲気のイタリアンバルの店内、見た目が美しい料理。そのどれもが秋都には馴染みがないものだ。

「先輩、人の話聞いてます？」

「聞いてる。カプレーゼはわりと旨いと思う。レモンサワーは飲んだことがないからわからない。飲み会は楽しかったか？」

「そうやってスラスラ答えられるのもなんかムカつきますね」

「どうしろってんだよ」

秋都はぬるくなったビールで唇を湿らせ、肩をすくめた。自分に、楽しいおしゃべりを期待するほうが間違っている。カプレーゼも旨いと思ったが、だからと言って感動することもなく、もう一度食べたいと今後思うこともない。おそらくそれで感じる喜びは他人より小さいのだろう。だから、本当の意味で胡桃沢に共感することもできない。

「……前から思ってたんですけど、先輩っていつも無表情だし、私のこともなんとも思ってなさそうだし。何も面白くなさそうだし？　こう、なんか感情が動くことってあるんですか？」

「今まさに、質問がめんどくさいという感情が生じてるけど」

「そういうことではないですよ。ああもう」

胡桃沢は頬杖をついて目を閉じた。何か考え込んでいるようだ。それから小さく唸り、目を開ける。

「……そうですね。では、とりあえず、めっちゃバズりまくったじゃないですか。人気爆発じゃないですか。そのことについて先輩はどう思いましたか？」

小首をかしげ、秋都の顔をのぞきこむ胡桃沢。そういえば、そういった話を秋都のほうがしたことはなかったということに気づく。というか、はしゃぎまくる胡桃沢がいたので口を挟む隙がなかったし、胡桃沢が秋都の心情を気にかけているとも思っていなかった。なので、今になって胡桃沢から聞かれたのは予想外だ。

秋都は少し考えた。今の質問への答えは、自分の中でも整理できていないものだったからだ。胡桃沢の言葉を借りれば、たしかに自分の感情は動いた。だがそれがなにか、わからない。もしかしたら、と思った。楓とは異なるベクトルで楽しそうに生きている胡桃沢なら、この感情に名前を付けられるのだろうか。

だから秋都は、そうした思いをたどたどしく口にしていく。

「……俺は、胡桃沢みたいに人気者になりたいとかは、思ってない。けど……」

「それは全く理解できないですけど、とりあえず。ふんふん？」

偉そうに頷く胡桃沢に、話していく。美しいと感じた景色を映した動画を誰かが観ているのだと想像したときのあの痺れや浮遊感、ぞわぞわとした疼き、体の奥のほうのどこかが柔らかく溶けて脆くなっていくような錯覚について。

胡桃沢は最初は興味深そうに聞いていたが、徐々に困惑したような表情に変わっていった。

この人、マジで言ってるの？　と胡桃沢の目つきが語っている。

「先輩って、やっぱりちょっと変ですよ」

黙ったままでいた秋都に、胡桃沢は生ハムをもぐもぐと嚙んでから飲み込み、あっさりと告げた。

「それって多分、フツーに嬉しいと思ってるんじゃないですかね」

秋都はちょうどフォークにのせていたバーニャカウダの胡瓜を皿に落としてしまった。

「え」

秋都が硬直してしまったのは、胡桃沢の指摘を認めたくなかったとか、そういうことではない。ただ、シンプルなはずのその答えを考えてすらいなかった。

「……そう、なのか……？」

「いや知りませんけどね。……あちっ。はふ、はふ」

胡桃沢はアヒージョを口に含み、オイルの熱さにそんな声を上げた。一方、秋都は皿に落ちたピクルスを拾うこともせず、じっと考え込んでしまう。

俺は、嬉しいと思っているのか？　自分が撮影した画が、誰かに伝わることを？

俺はこれまで、心底嬉しいと思ったことはなかった。楽しいと思ったことも。

だから、気が付かなかったということなのか。胡桃沢と出会ったことで得た映像作家としての経験は、当然初めてのものだ。初めての経験で得た初めての感情。これが、嬉しいとか楽しいとか、そう呼ばれる気持ちなのか。

「それはそうとこのアヒージョ、もう少し牡蠣が入ってても……先輩？」

だとしたら。俺は、楓から受けたあの呪いを受け止めることができるのかもしれない。この先、何年も、何十年も死なずにいるために必要な感情。これを、本当に得ることができたのなら。

「せんぱーい」

本当なのか？　これが、俺にとって生きる意味になりうるのか？

楓と過ごしていたころは、動画を撮ることが新鮮で、もしかしたらそれが自分にとって特別なことなのかと思ったりもした。でも楓が死んで、撮った動画があんな風に使われて日本中の人々が涙したと知って、特別は錯覚だったと悟ったはずだ。嬉しいどころか、嫌悪感すら覚えた。あの時と今と、何が違うというのか。

「先輩ってば！」

びしっ。秋都の額に、軽い痛みが生じた。どうやら、胡桃沢にはたかれたらしい。やられてから気が付くあたり、ずいぶんと考え込んでしまっていたようだ。

「悪い。……もしかしたら、胡桃沢の言う通りなのかもしれないな」

「はぇ？　なんでしたっけ？　あ、牡蠣ですか」

胡桃沢は小首をかしげてから、ですよねーと唇を尖らせた。何か勘違いをしているようなので、秋都はいや、と答えかけてやはりやめた。

「？　……あー。バズったことが嬉しいって話ですか？　え、マジですか？　ずっとそれ考えてたんですか？」

遅れて、そんなことを言われる。胡桃沢は変な顔をしていた。いぶかしげ、という単語それ自体が顔に貼り付いたようにみえる。

さきほどの胡桃沢の指摘は、秋都にとって重要な気づきに繋がるのかもしれない。だから秋都は感謝のような誠意のような気持ちから正直に認め、頷いた。

「まあでも、それはありがたいです。私もなんか予想よりずっと楽しいですし。今後も続けていきたいと思ってます。でも先輩は違うんだろうなー、って感じだったので。そうじゃなさそうなら良きです」

「楽しいとか嬉しいとかは、正直まだよくわからない。あくまでも『かもしれない』だ。……でも、一応続けるつもりはあるから心配するな」

「先輩って、ホント変な人ですよね。なんか、ロボットみたい」

両手で自身の頬を挟み込み、胡桃沢が秋都の目をのぞき込んできた。言いえて妙な表現だ。そう感じた秋都は残りのビールを飲み干すことで答えない言い訳を作る。

胡桃沢は再びの沈黙を嫌ったのか、話題を続けた。

「……しかし実物の先輩を見ると、あの映画ぜんぜん違いますよねー。だって、先輩が女の子を好きになって、今でも忘れられずにいる……みたいなの想像つかないですよ。脚色ってやつですかね。あはは」

予想外の質問に、少し驚く。そんなことを尋ねられるとは思っていなかった。実はこんな風に直接尋ねられたのは初めてのことだ。

数秒の沈黙が下りる。答えは決まっているのだが、どう応えるかを考えていたのだ。

もちろん、誤魔化すことはできる。だが胡桃沢に対しては率直に接するほうがよいと思っていたし、なによりこの件では嘘をつきたくなかった。

「いや。俺は楓が好きだった。多分、この先もずっと」

短い答え。だがそれ以上言いようがない事実。

飲んでいたレモンサワーを小さく噴いた胡桃沢が顔を上げた。目を丸くしている。秋都がこのようにストレートに答えるとは思っていなかったのだろう。慌てておしぼりを取り出し、テーブルを拭く彼女は、めずらしく消え入りそうな声で呟いた。

「そですか」

急に重い空気になってしまった。秋都からすれば、ただ聞かれたから答えただけで他意はない。だからどうしたということでもないのだ。気を使ってもらいたいわけでも、気に病んでほしいわけでもない。

「えっと、すみません。なんか、私……」

「俺、ちょっとトイレ行ってくる」

「ど、どうぞどうぞ」

別にトイレに用事はなかったが、一度仕切り直したほうがよい気がした。なので秋都はトイレに行き、いつもと変わらぬ生気のない気だるげな表情をした男を鏡で見て、数分の時間を潰す。髪がまた伸びている。結った団子の部分が、大きくなっていた。

意味もなく手を洗って、秋都はトイレを出た。来た時より人が増えた店内を歩き、元のテーブルへ向かう。

「……あれ」

テーブルの近くまで来て、胡桃沢が誰かと会話をしていることに気が付いた。制服を見ると、このイタリアンバルの女性店員のようだ。人気者で人間関係豊富な胡桃沢のことだから、たまたま知人がここでバイトでもしていたのだろうか。

もし今秋都がテーブルに戻れば、紹介されたり、あるいはなにか話さなければいけないのかもしれない。いや、そもそも大きな丸眼鏡をかけて変装までしていた胡桃沢に迷惑をかけるかもしれない。そう考えた秋都は足を止めた。

胡桃沢はこちらに背を向けているので秋都に気が付いていない。相手は働いている途中の店員なので、そう長く話し込むこともないだろう。会話が終わったタイミングで胡桃沢に声をかけ、金を払って店をでよう。あの店員がすでに秋都の存在を認識していたら手遅れかもしれないが、仕方ない。秋都はそんなことを考えつつ、スマホをいじるふりをした。視線はむけていないが、二人の会話を聞いてその終わりを待つ。

「でもホントひさしぶりだよね。千歳ちゃん。芸大に進学したんだよね？　最近はどうしてるの？」

店員は、胡桃沢のことを名前にちゃんをつけて呼んだ。声の感じや雰囲気からしても、年上なのだろう。

「……はい。おかげさまで。なんとかやっています」

胡桃沢の口調に違和感があった。なにか困っているような戸惑っているような、あるいは硬い響きに聞こえる。いつも自信がありそうな胡桃沢とは思えない。まるで、小さな子どものように力のない声。秋都はスマホをみていた顔を上げて胡桃沢の背中を見た。

「そっか。施設のみんなや先生とは連絡とってたりする？」

女性店員は胡桃沢に優しい声で接している。そしてそこには親しみも感じられる。だからこそ、縮こまった胡桃沢の華奢（きゃしゃ）な肩が、奇妙に見える。

「いえ。あまり。みんな忙しいでしょうし」

「……そっか。私はここで働きだした報告にこの前施設に行ったよ。先生たち、千歳ちゃんのこと心配してた」

何を話しているのかよくわからない。いや、違う。施設、先生という単語から連想されるものはあった。ただ、それが胡桃沢から受ける印象とつながらなかっただけだ。

秋都からは胡桃沢の背中しかみえない。今、彼女はどんな表情をしているのだろう。

「……余計なお世話かもしれないけど、もし時間があったら千歳ちゃんも、顔だしてあげてね。私たちにとっては先生たちが親みたいなものだしさ」

「はい」

「千歳ちゃん、綺麗になったからきっと皆……」

「すいません。私、少し気分が」

急に席を立ち、振り返った胡桃沢と視線がぶつかる。胡桃沢の瞳からは、あきらかな狼狽の感情が伝わってきた。しまった。と秋都は思った。立ち聞きする気はなかったが、結果としてはまさに立ち聞きだ。

「せんぱい。……聞いてました？」

「ああ。聞こえてたかな。……その人は知り合いか？」

秋都の口から出ていたのは、そんなセリフだった。他に何も思いつかなかった。

「……はい。そうです。こちらは……」

胡桃沢は店員を秋都に紹介しようとして、しかし口を噤んだ。店員はそんな胡桃沢を見て優しい表情を浮かべ、胡桃沢の言葉を引き継ぐ。

「こんばんは。私は中村美里と言います。千歳ちゃんとは昔よく会ってたんですよ。古い知り合いです」

店員、中村が胡桃沢を見る瞳は、姉のように優しい。だが、二人がどういう関係なのかという点がぼやけた説明だ。胡桃沢ははっとしたように中村に視線を向け、中村はそんな胡桃沢に微笑む。胡桃沢は目を伏せた。今まで見たことがない胡桃沢の表情。秋都には、彼女が今抱いている感情がなんとなくわかった。罪悪感、なのではないだろうか。

「そうですか。俺は、胡桃沢と同じ大学に通ってる鈴木です」

「あ、すいません。なんか邪魔しちゃって。仕事中ですし、もう行きますね。千歳ちゃん、またね」

胸のあたりに手を当て、俯いた胡桃沢にそう語りかけると、中村はキッチンのほうへと立ち去っていく。店内は明るく暖かだが、残された二人の間だけわずかに温度が下がった気がした。やたら長く思える数秒間が過ぎる。やがて、胡桃沢は一度大きく息を吐いた。

「せんぱい。そろそろ出ましょうか。……で、もうちょっと時間ありますか？」

絞り出すような、その口調。

「いや、別に俺は……」

中村との遭遇、そしてそれを秋都に目撃されたことは胡桃沢にとって予想外であり、ショックな出来事だったということは想像できる。そのことに関して説明なり弁明なりをしたがっているのだろう、ということもわかる。だが別に悪いことをしていたわけでもないのに弁明というのも妙だし、秋都は特になんとも思っていない。だから胡桃沢が気にかける必要はない、そう言いたかったのだが。

「いいから。一緒に来てください」

胡桃沢はそう言い切り、有無を言わせなかった。

＊

飲んでいたイタリアンバルから歩くこと数十分。胡桃沢に連れられる形で到着したのは、高台に位置する小さな公園だった。すべり台やブランコが設置されており、おそらく昼間は近所の子どもが集まる施設なのだと思われる。公園の端にはフェンスがあり、そこからは小さな町の夜が見下ろせる。

「ここに来たかったのか？」

さきほどから口数が少ない胡桃沢に尋ねる。秋都なりに、話を促したつもりだった。

「そです」

胡桃沢は後ろ手に組んで歩き、フェンスのほうに寄っていった。そしてライトの下で秋都に振り返り、こっちこっちと手招きをする。

「犬か俺は」

「あはは。いいですねそれ。おいでパトラッシュ」

しかもパトラッシュかよ。俺は死ぬのか。ああ、それはいいかもしれないな。パトラッシュの死に方ってなんかよかったよな。そんな益体もないことを考えつつ、しかし秋都は胡桃沢の隣に並んだ。彼女との動画投稿は未知の感情に繋がったし、そうした意味では感謝もしている。それに、ここまで付き合ったのだから言いたいことがあるのなら聞こうとも思っていた。

「えーっと。まあ、その、なんていうかですね」

胡桃沢は両手で頬を挟み込むようにしつつ、重い口を開いた。

「ああ」

「や、そんなたいしたことじゃないんですけど」

「そうか」

歯切れが悪い。これは胡桃沢にしてはかなり珍しいことだ。

「んー。よし、話します。そうですよね。どうせ先輩が知ったところで、誰か他の人に話すわけないですし、ってか話す相手もいないでしょうし。SNSにあげるとかもしなそうですし。それに、私もさっき先輩に変なこと聞いちゃったから、まあオアイコっていう意味でも」

前置きが長い。ただ、形式上は前置きだが、胡桃沢が自分自身に言い聞かせているようにも聞こえた。身振り手振りが大きく、頬に汗もかいている。

さっき、というのは多分、まだ楓のことを想っているかという質問の件だろう。だが気にしてもらう必要はない。秋都はそう言おうかと思ったが、胡桃沢の前置きがまだ続いており、口を挟めなかった。

「あと、先輩って実は妙に鋭いじゃないですか。だから美里さんが話してたことからなんか色々想像したりして、しかもソレ黙ってそうじゃないですか。いやそれはいいんですけどそれで同情されたりとか、なんか変に思われちゃってもヤなので」

美里、というのはさきほどの店員の中村美里のことだろう。彼女が口にしていた、施設、先生という単語や二人の関係性から、その背景について秋都が推測を立てていたのは事実だった。さらに言えば、そうした背景が胡桃沢にどんな影響を与えたのか、ということも少し考えてしまっていた。

「せっかく今までラクだったのになんか変な感じになるのも……」

「わかったよ。話したいなら聞くから」

「う。……はーい。では、千歳ちゃんの秘密を先輩だけに公開しましょう！」

今度はおどけてみせたので、秋都ははいはいと雑に頷いて答えた。胡桃沢はそんな秋都に唇を尖らせてブーイングするそぶりを見せた。不服そうな表情と大袈裟なそぶり。少しは気が楽になったらしい。胡桃沢はふう、と息をつきフェンスのほうに向きなおった。そして、眼下に広がる町に視線を向ける。

「あそこの建物、見えますか？　ちょっと大きめな、赤い三角屋根のところです」

そう言った胡桃沢はフェンスの向こうに広がる町並みの一角を指し示した。だが深く降りた夜のため屋根の色がわからない。ただ三角屋根の建物はその方向に一つしかなかった。胡桃沢の言う通り、民家にしては大きく、学校にしては小さい。

「ああ。見える」

「あそこが私の育った場所です。まあ、児童養護施設ってやつですね」

胡桃沢はなんでもないことのようにそう口にした。少なくとも本人はそのつもりだろう。秋都はどう答えるべきか考えようとして、やめた。ただ、普通にこう答える。

「へえ」

「へぇ!?」

「あまり身近じゃなかったけど、ああいう感じなんだな。児童養護施設って」

「そこじゃないですよね？　もう少し私に興味もちましょう？」

秋都としては、考えた上で考えのない返事をしたのだが、胡桃沢の受け取り方は違ったらしい。

「や、まあ予想通り先輩らしい反応ですし、だから話したわけではありますけども……。いいや、この際なのでもう全部話しますけど」

「別に話す必要は……」

「いいから黙って聞いてください」

秋都には、何故(なぜ)胡桃沢がこんな話を自分にするのかわからなかった。だが、話したそうにしているように見える。なので、ひとまず口を噤んで聞くことにした。

「私って、あれなんですよ。親に捨てられた子なんですよね」

「……」

「相槌は？」

「ああ。そう、なのか」

強いられてうった相槌だが、胡桃沢は満足そうにうむうむと頷く。

「借金とかですかね。両親ともに幼い私をおいて蒸発しちゃいまして。しかも弟は連れていったみたいなんですよね。ひどいですよねー」

フェンスに手をかけ、とつとつと語る胡桃沢。その話の内容は、予想していたより重いものだった。なのに、胡桃沢の口調にはよどみがない。それが不思議だった。

目の前にいる胡桃沢の持つ過去としては、信じがたいほど悲劇的なことだ。また、さきほど中村と遭遇したときの胡桃沢はショックをうけたようだった。それは養護施設の関係者と思わぬところで再会したことで辛い過去を思い出したためだと言われれば納得できる。さきほどから話しにくそうにしていたことも当然だろう。あまり他人に伝えたいような話ではないように思う。なのに、今は何故？

「なあ、胡桃沢……」

「あ、でもですね。施設はけっこー好きでしたよ。ほら私って可愛いし、可愛いムーブ抜群だし、だから可愛がってもらえました。学校でもみなしごハッチなことが理由でいじめられたのは最初の最初だけです。何故なら可愛い愛されキャラだからです。あ、美里さんは同じ施設のお姉さん的な人で、仲良しでした。さっきは急だったからちょっとびっくりしちゃいましたけど」

あっけらかんとした口調で続けられる胡桃沢の話を、秋都はただ黙って聞いていた。頷くことで、相槌としつつ。

「で、私はそれからあの施設で高校卒業まで育ちまして、奨学金とかもらいまして、芸大に入って、今ではこんなに立派な愛され美少女インフルエンサーになった、というわけです。イェイ」

最後のほうは得意げな口調だった。横にしたピースサインを目のあたりにあてて、芝居がかっている。みんなに好かれる、存在感のある胡桃沢千歳。なのに何故だろう、秋都の目には、今にも彼女が透明になって消えてしまいそうなほど儚げにみえた。

「以上！　あー、スッキリしたー」

胡桃沢はそう言うと、たかたかと小走りで公園内を移動してブランコに座った。

秋都はのろのろと移動して、ブランコの周りにある柵に腰かけ、問いかける。

「なんで、俺にその話をしたんだ？」

話し始める前、胡桃沢は色々と理由めいたことを語っていた。あれが嘘だとは思わないが、それがすべてとも思えなかった。常日頃、死にたいと思っている秋都よりもよほど死にたくなってもおかしくない過去の話。それを自分なんかに話す意味がわからない。

鈴木秋都に、そんな価値はない。

「勘違いしないでくださいよ」

きこきこ。胡桃沢は緩くブランコを漕ぎつつ、そう嘯いた。

「……何を？」

「先輩に話したかったわけじゃないです。前々から誰かに話したかったんですけど、一番適任なのが先輩だったってだけです。たまたまですけど、キッカケができたので思い切って、というわけです。……とうっ」

掛け声とともに、胡桃沢の乗るブランコが大きく揺れた。秋都はその揺れを目で追いかけることしかできなかった。

「わかんないかなー。今はこんなに人気者な私なので、そういうくらーい過去は基本は秘密にしてるわけですよ。友達に話して気を使われるのもなんだし、フォロワーに知られたらメンドくさそうですし。そもそもキャラじゃないです」

「ああ。そうかもな」

「けど、そういう秘密って一人で抱えてるのってなんかヤじゃないです？　こう、誰かに言いたくなるんですよ」

胡桃沢がなかなかブランコからおりないので、秋都は彼女の隣のブランコに座った。このくらい近づかないと、チェーンのきしむ音で声が聞こえない。

「そこで先輩ですよ。別に友達じゃないですし。無気力、無害で秘密を暴露するのにうってつけです」

ブランコの揺れに合わせて、胡桃沢の髪が揺れる。揺れた髪が彼女の横顔を隠し、隣のブランコに乗る秋都からはその表情がよく見えない。

だが、おそらく胡桃沢は今、本心から語っているのだろう。秋都にはそう思えた。嘘をつく意味がないからだ。そして、その気持ちも理屈としては理解できる。

胡桃沢はさっき言った。可愛いムーブが上手（うま）いのだ、と。

前にはこうも言っていた。人気が出ればそれでいいんです、と。

胡桃沢は秋都には想像もつかないほど真剣に、巧妙に、本気で人から愛されるように振る舞い、立ちまわっているのだろう。そうしても無意味だと判断した秋都を相手にした場合を除いて、常にだ。だから彼女は、秋都といることをラクだと言った。逆に言えば、いつもはラクではないということになる。いつも、いつも。胡桃沢は胡桃沢を演じて、張りつめているのかもしれない。とてもそうは見えなくても。

そしてくたびれる。『愛される胡桃沢千歳』でない部分をぶちまけたくなる。なるほど、たしかに秋都は適任かもしれない。誰とも深い関係を持たず、持とうともせず、何にも希望を持たず、誰も好きじゃない。生きているのではなく、死んでいないだけ。そんな人間になら。人形に話すようなもので、人形に話すよりは少しだけマシ。

「よっと！」

黙り込んでいた秋都を横目でちらりと見たあと、胡桃沢はブランコから飛び降りた。反動をつけていたため、柵を飛び越えている。

「この公園も、施設にいたときよく来たんですよ。なんかしんどいなー、ってなった時に、いつも一人で」

着地した胡桃沢は、ジャンパースカートを翻（ひるがえ）してくるりと回った。ブランコ、すべり台、ジャングルジム、雨宿りもできそうなドーム状の遊具。日本のどこにでもありそうな、小さな公園。そのあちこちに、幼い胡桃沢が膝（ひざ）を抱えて座っている幻想が見えた気がした。

「あ、そうだ。この公園ってちょっと丘にあるじゃないですか。だから近くの花火大会がよくみえるんです。多分、私しか知らない穴場です。多分、今年もあると思うから、日時調べて動画撮りに来ましょうよ、ばーん！　ですよ、ばーん！」

過去語りを終えて、未来の提案をする胡桃沢。打ち上げ花火を表現しているのか、両腕をあげて笑っている。

どうやら、本当に『スッキリした』らしい。それであればよかったな、と秋都も思う。そうは見えなかったヒロインによる悲しい過去の告白。これが感動恋愛青春ドラマなら重要な場面だ。告白を受けた主人公はしかるべき行動をとるべきだ。だが秋都は違う。彼女をそっと抱きしめるほど情熱的ではないし、気の利いた慰めを言えるほど善人でもない。そもそも胡桃沢とはそういう関係ではないし、彼女も望んでいないはずだ。

だから、代わりに言うのはこんな言葉だ。

「よさそうだな。バズりそうだ。任せろ」

それは、花火大会の日だけのことを言ったのではなかった。胡桃沢は今後も動画投稿を続けるのだろう。人気者であるために、愛されるために。それに協力する、伝えたかったのは、そういうことだ。

胡桃沢は、秋都の発言に驚いたのか目を丸くしてみせた。胸のあたりに手をやり、肩をすくめてもいる。

「……先輩って、意外と優しいですよね。そんな風に言ってもらえると思ってなかったから、ちょっとドキッとしちゃいました」

「は？　何言ってんの？」

「冗談です」

「だろうね」

「冗談ですよ」

胡桃沢はそう言うと秋都に背を向けて数歩歩き、ジャングルジムに手をかけた。そのまま夜空を見上げている。秋都が何も言わないままでいると、歌が聞こえてきた。時々、胡桃沢はこうして小さく歌いだす時がある。

もう何度も聞いている胡桃沢の歌声。だが今夜のそれは新鮮に聞こえた。

どうやら彼女のオリジナルらしい。激しいのに流麗なメロディラインが印象的で、歌詞は英語だ。


みんなが好きっていうチョコレートはチョコレートじゃない、ただの砂糖。甘くて白くて体に悪くて美味しい。なのに感動して、好きになって、泣いたりもする。バカじゃないの。ホントのチョコレートは口当たりが最悪で、黒くてドロドロしてて苦い。もちろん誰も食べない。バカじゃないの。みんなバカだみんな死ね。世界全部真っ黒に染めてやる。私のチョコレートを口のなかにぶち込んでやる。

「ひでぇ歌詞」

秋都は率直にそう呟いた。チョコレートや砂糖は比喩(ひゆ)なのだろうが、それにしても乱暴すぎる。ただ、その割にはするりと聞けてしまう。激しく鋭くて、怒りがとてもクリアだ。酷(ひど)い歌詞に、あっている。今までに聴いた胡桃沢のどの歌よりも強さがある。

歌を聴いていると、秋都の脳内には映像が浮かんできた。MVを撮るなら、きっとこんな感じだというアイディア、瞬間の画(え)。

「あはは。そうですよね。何しろ初めて作ったオリジナルなので率直すぎました。『クソニガチョコレート』っていう歌です。タイトルもアレですけど、実は一番のお気に入りです。あ、秘密ですよ？」

「秘密もクソも……」

「そんな相手いないですもんね。あはは。……と、そうだ。チャンネルのチェックしなきゃ」

胡桃沢はスマホをいじりだした。チャンネルに寄せられたコメントやリツイート、サブスクライブ数増減のチェックは欠かせない日課なのだそうだ。

スマホに表示されているのであろう様々な情報を見ては一喜一憂する胡桃沢。秋都はそんな彼女をぼんやりと眺めていた。

『愛されることは良いことだし、生きる意味になります。私はそうありたいんです』。胡桃沢はそう言っていた。生きる意味。それは死にたい男が求めていたもの。秋都は胡桃沢に協力する意を伝えた。それは彼女のためだけじゃない。

俺は、胡桃沢のように多くの誰かに強く愛されたいとは思えない。それが生きる意味になるなんて思えない。しかしそんな胡桃沢と映像を撮り公開することで何かを感じた。この先で、自分なりのそれを、つまり生きる意味をみつけることができるのかもしれない。楓が最後に残した望みを、本当の意味で叶えることができるのかもしれない。

そんなことを思う。そしてさっき浮かんだ『クソニガチョコレート』のMVのアイディアをより詳細なイメージへと繋げていく。偶然なのか必然なのか、この公園は映像の舞台にぴったりだ。ああ、さっき言ってた花火大会の光景なんかいいかもしれない。

「あ！」

スマホをスライドしていた胡桃沢が突拍子もない声を上げた。思考を遮られた秋都が彼女に視線を向けると、彼女もまたこちらに振り返る。

「先輩。これみてください！」

小走りで隣にやってきた胡桃沢の肩が、秋都の腕に触れた。花のような甘い匂いが鼻

ドラマ化

NHK BS プレミアム4K
12/3(日)より毎週日曜夜10時～予定

プレミアムドラマ 仮想儀礼（全10回）

出演：青柳翔、大東駿介ほか

原作 篠田節子『仮想儀礼』上・下
●各1045円　148416-7／17-4

読売テレビ・日本テレビ系にて
12/14(木)より放送開始！

自転しながら公転する（全3回）

出演：松本穂香、藤原季節

原作 山本文緒『自転しながら公転する』
●1045円　136063-8

新潮文庫の「源

古川日出男『女たち三百人の裏切りの書』他

古川日出男著『紫式部本人による現代語訳「紫式部日記」』（単行本）も同時刊行！　9人の人気作家が各1帖ずつ

新訳を手掛けた『源氏物語 九つの変奏』、田辺聖子著『新源氏物語（一）～（五）』（いずれも文庫）もこの機会に是非！

新潮文庫＊今月の新刊

あの若だんなが剣術修行!?
980万部突破のシリーズ第20弾

もういちど

畠中恵

病弱だった若だんなが剣術を始めた!?
でも、刀をふるう姿はなぜか十二歳ほど……
赤ん坊に戻った若だんなが再び成長していく
十か月間の物語。解説は声優の斉藤壮馬さん。

737円
146142-7

わたし、定時で帰ります。3

―仁義なき賃上げ闘争編―

880円
100463-1

朱野帰子

生活残業の問題を解決するため、社員の給料アップを提案する東山結衣

もう一杯だけ飲んで帰ろう。
角田光代
河野丈洋
西荻窪で焼鳥、新宿で蕎麦、神田で羊、立石ではしご酒。夫婦でめぐる「外飲み」エッセイ!
693円
105837-5

生贄の門
マネル・ロウレイロ
宮﨑真紀訳
息子の治療のため小村に移住した女性捜査官。彼女を待ち受ける恐るべき儀式犯罪とは?
1045円
240371-6

だってバズりたいじゃないですか
喜友名トト
恋人の死は、意図せず「感動の実話」として映画化され、そして〝バズった〟。＊書下ろし
新潮文庫nex
781円
180276-3

奇譚蒐集録
——鉄環の娘と来訪神(オトナイサマ)——
清水 朔
神永学、大絶賛! 信州山村の〝奇祭〟に秘された謎を解く民俗学ミステリ! ＊書下ろし
新潮文庫nex
737円
180275-6

◎表示価格は消費税(10%)を含む定価です。価格下の数字は、書名コードとチェック・デジットです。ISBNの出版社コードは978-4-10です。
◆累計部数は単行本、文庫、コミックの合計です。
https://www.shinchosha.co.jp/bunko/

第9回 新潮文庫

紅白本合戦

2023.12

この感情は何だろう。 新潮文庫

孔をくすぐる。差し出されたのは、やはりスマホだった。

「なんだよ」

「ほらこれ！　すごい！　気づいてなかったです！」

促されて見た画面は、胡桃沢のメールボックスだった。チャンネルのコメント欄やSNSは何度も見せられていたが、メールボックスは珍しい。迷惑メールばかりくるからと胡桃沢自身もあまりチェックしていないと聞いたことがある。

「……メール？」

「私宛のやつと先輩宛のやつ。どっちも色んなとこからきてます」

胡桃沢はメールの一つをタップして開いた。表示されているメールは一目見るだけで、どういう性質のものかがわかる。

『突然の連絡失礼いたします。私は〇〇の××で△△をしているダレソレです。この度、公開されている動画作品を拝見し』から始まり『前向きに検討いただければ幸いです』と結ぶ。メールの下部にはビジネス然とした署名欄もついている。

秋都はメールの一通を読み、確認した。

「企業からの打診ってことか？」

「ですです！　先輩あて、っていうのはもちろん映像作家AKI宛という意味です！で、私のほうにもいろんな案件もですけどなによりこれ！　超大手の芸能事務所からの連絡もありますよ！　事務所所属しませんかっていう打診ですよ！」

胡桃沢はウキウキした様子を隠さない。明らかに興奮していて、はしゃいでいる。それもそのはずだ。メールの差出人は、秋都でも知っている芸能事務所だったり広告代理店だったりと、かなりの大手ばかりだ。そうした企業が、インフルエンサーとしてあるいはシンガーソングライターとしての胡桃沢を評価し仕事を依頼してきたり、事務所への所属の打診を送ってきたりしている。秋都に対してもそれは同様で、胡桃沢の『ちーちゃんねる』専属の謎の映像作家という触れ込みだったＡＫＩに対してＷＥＢ上でのＣＭや動画コンテンツ制作依頼がいくつもあった。

「ホントかこれ……？」

口をついたのはそんな言葉だった。動画がバズっていることを考えれば、いずれこういうことも起きる可能性があるとは思っていたが、実際に起きると戸惑いが先に立つ。これまでもネットニュース記事の取材依頼などが来たことはあったが、『仕事』が提案されたのは初めてのことだった。

「もちろん、いちおーちゃんとした企業とか事務所のちゃんとした提案かは確認しますけど、これヤバくないです⁉」

秋都の腕をぱんぱんと叩く胡桃沢は、提案にたいして前のめりのようだった。彼女の胸中ではすでに返事が決まっているのだろう。それもそのはずだ。広告代理店や芸能事務所を通せば、これまで以上に露出が増えて、リーチできる人々の数も桁違(けたちが)いになる。アイドル的な人気も加速する可能性が高い。胡桃沢の言う『生きる意味』からすればそれは望ましいことだ。

　では、俺は？

　しばらく無反応でいた秋都に、胡桃沢の上目遣いが向く。

「先輩？」

「……そうだな。すごいな」

　口から出せたのは、そんな呟きだけだった。冷静に考えれば、秋都にとっても望ましいことのはずなのに、である。

　映像作品を撮る、それを公開して誰かに伝え届ける。その行為は秋都に未知の感情をもたらした。それは嬉しいのだと胡桃沢は言い、秋都はそれを否定できていない。生きる意味に繋がるのではないかとのか細い希望も持った。だから戸惑いはあっても続けると決めた。

　それなら、映像作家として活動範囲が広がることは良いことだ。きっと、死んだ楓もそう言うはずだし、喜んでくれる。なのに。

　嫌な感じがした。ざらついた禍々(まがまが)しさと、不気味な予感があった。

　脳裏によぎるのは、楓と過ごした日々の映像。編集され、感動的とされる切ないバラードとともに全国のスクリーンに映し出されたあの映像。そしてそれを見て感動したと叫ぶ観客が映る映画のＣＭ。

「どうしたんです？　先輩？　もちろん受けますよね？」

胡桃沢は首を傾げ、俯いてしまった秋都の顔をのぞき込むように見つめた。その瞳は、期待の色がらんらんと輝いている。

「……ああ。受けるよ、多分」

こみ上げた吐き気をこらえ、秋都はそう答えた。

そうだ。そうするべきだ。そう言い聞かせる。楓は俺に生きろと言った。それはきっと、こうすることだ。この吐き気は、生きている証だ。これまでに感じていなかったそれに不慣れだから、心が驚いているんだ。そうに決まっている。

「ですよね！　これはきますよ！　がんばりましょー！　って、いい加減もう遅い時間ですね。帰りましょっか」

胡桃沢は踊るような足取りで歩き始めた。そのあとを、秋都が続く。公園の地面は夜の風に乾いていたが、まるで泥の上を歩いているように感じられた。

〈セツナイ恋の物語――本当の話――シーン4〉

その日は、雨が降っていた。だからだろうか、県立病院前のバス停には秋都と楓の二人しかいない。停留所の屋根に雨が当たる音がやたらと大きく聞こえるのは、きっと二人が無言でいたからだ。

海辺で楓が伝えたこと。すなわち、彼女の命の期限が迫っているという事実は、容易に受け止められることではなかった。楓の定期健診に誘われて秋都が付き合ったのは、たちの悪い冗談だったという可能性を最後まで信じたかったからなのかもしれない。

病院に入る直前で、楓がネタバラシをして謝るというありえそうもないことを、願っていた。あの楓が、自分の命をネタにした冗談など言うはずがないということはわかっていたのに。

もちろん、冗談ではなかった。秋都でも名称を聞いたことのある疾患は、確実に楓の体を蝕(むしば)んでいるのだということがわかった。その事実に触れて力が抜けてしまう。医師の説明や、以前は荒れて泣いてばかりいたという楓の話は、イヤになるほどのリアリティをもっていた。

考えてみれば、思い当たることはあった。楓がときおり呆けたようにぼーっとしていたこと、よく躓くこと、体力がなくて、電車移動などのときはすぐに眠ってしまうこと。

さあさあと雨の音。停留所内のベンチに座る秋都は落ちる雨粒を見つめていた。少なくとも秋都には、そうすることしかできなかった。楓は、いつものように手帳に日記をつけているようだった。

「ねえ、秋都」

長い沈黙のあと、手帳を閉じた楓が、ぽつりと呟いた。

「なに」

答えた秋都の声は、さあさあと響く雨音にかき消されそうなほどに小さかった。

「びっくりしたよね」

放課後なため、今日の楓は制服姿だ。普通の、いや普通より潑剌と輝いている高校生にしか見えないし、もうすぐ死ぬようには、見えない。だが死ぬらしい。そう感じさせるわずかな要素は、長い睫毛の下の瞳が、ほんの少し潤んでいることだけだった。

「そりゃね」

「だよね」

停留所の前を、スポーツカーが走り抜け、水溜まりが飛沫へと姿を変える。その一部が、秋都のスニーカーにかかった。避けようとも思わなかった。

「ホントはね。黙ってるつもりだった」

「……そう」

ビーチを歩いているときもそんなことを言っていた。どういう心境の変化があって秘密を告白したのか、秋都にはわからない。今は、尋ねようとも思わない。

「で、さ」

「ああ」

「お願いがあります」

「うん」

「今まで通りに会ってくれる？　撮影も、さいごまで続けてほしいな」

ベンチに腰かけている楓は、ローファーを履いた足をぶらぶらと揺らしながらそう言った。平静を装っていることは、秋都にもわかる。声が、震えていたからだ。

さいごまで続けてほしい。さいご、という単語は最後と書くのだろうか、それとも最期と書くのだろうか。秋都はそんなことを考えて、すぐに答えることができなかった。

「やっぱり秋都の撮ったものって綺麗だしさ。色々なところで撮って、できるだけ残しておきたいんだ。証みたいなものを」

いつだったか、楓は冗談交じりに『遺影』という言葉を使ったことがある。今はその言葉が深く深く刺さる。

「あと、秋都といると楽しいから」

「……それは、珍しい意見だな」

やっと絞り出したのは、自嘲めいた呟きだった。楓は、その通りだね、でも実はそうでもないよ、と微笑んだ。

「もちろん、君がイヤなら仕方ないから諦めるよ」

だから、声が震えてるんだよ。気が付いてないのかよ。口にできるわけがなかった。

秋都は楓の恋人ではない。また、命に対しては自身のものも含めて諦念のような思いがある。だから楓の余命を知っても、涙を流して嘆くことはしない。

ただ、理不尽だと思った。生きる気力がなく、死ぬことができていないだけの自分がこうして生命活動を続けているのに。その真逆な存在である楓が、生きているのが楽しいと言った楓が、いつも全開で生きている楓が死んでしまう。

楓と出会って、彼女が楽しいと言った世界は悪くないものなのかもしれないと思った。秋都でも前向きに生きていける日がくるのかもしれないと期待した。なのに。

奥歯を嚙みしめる。口内で鳴る、ぎり、というかすかな音が秋都の抱いた感情を表しているようだった。だが、楓の願いに対する回答は決まっている。

「撮るよ」

短くそう答える。今、明確に自覚した。俺は、楓のことが好きだ。輝くような命を持っている楓が好きだ。たとえその輝きが、終わりを自覚したがゆえのものだったとしても関係ない。何もかもがイヤで死にたがりだった自分を少しだけ変えてくれた楓を、大切に思っている。だから。

「映画撮るくらい真剣に、いい映像を撮る」

そう口にした。楓の最後の願いなのだから、叶えたいと思う。いつものように頼みごとを断る気力がないからではない、秋都自身に価値がないからせめて、というのとも違う。秋都自身が、そうしたいのだ。

「秋都」

楓は、やはり震えながら、毀れそうな声で秋都の名を呼んだ。秋都の右手が不意に温かくなる。多分、楓の左手も。雨に包まれた停留所は二人だけで、空気は冷たい。ただ、重ねた手の体温だけが、熱を帯びる。

「ありがと」

楓の声の震えは、止まっていた。でも鼻声だ。秋都はしばらく無言のまま、だが自分から手を離すことはせず彼女が落ち着くのを待った。

やがて雨音が小さくなっていき、楓は一度鼻をかんだ。ちーん、というその音は、こんな状況でもどこか間抜けだ。

「ん！　もう大丈夫」

「そうか」

「しかしアレだね。薄幸の美少女最後の一年ってやつだね」

「そうだな」

「いや何も突っ込まないの？　誰が美少女だって？　とかあるじゃん！」

「違うのか？　俺はそうだと思ってるけど」

「う。……そ、それはともかく。ま、まるで映画みたいだよね？　映画化したらヒットするんじゃない？　ほら、感動の実話！」

「するかもね」

「適当だな君は」

「いやそんなことないよ。ホントにするかもと思ってる。美少女だしな」

秋都はただ、思ったままを口にしている。もう時間がないというのなら、それが一番いいと思った。しかし楓はそんな秋都の心情は知らないわけで、秋都の発言に顔を赤くし、それを誤魔化すようにスマートフォンを取り出した。なにやら、メッセージが大量にきているらしい。

「……あ、お母さんが車で迎えに来てくれるって。もうすぐそこみたい」

おそらくずっと見ていなかったのであろうスマートフォンを確認した楓はぽつりとそ

う漏らした。

もともと、いつもは母親が検診には付き合っているとのことだったが、今日は仕事の都合でそうできなかったとのことだ。だから秋都が一緒に来ていたわけだが、楓の母の仕事とやらは終わったということだろう。

「よかったな。雨だし、バス遅れてるし」

自家用車で迎えがくるというのなら、結構なことだ。秋都はシンプルにそう思ったのだが、楓は俯き、目を伏せた。あまり、嬉しそうには見えない。そうだよね、と答えた楓の声は、聞こえないほど小さなボリュームだった。でもそれも一瞬のこと。楓はすぐにぱっと顔をあげた。明るい表情に戻っている。

「秋都も乗っていくでしょ？」

「いや、俺はせっかくだからここで雨の映像を撮る練習してから帰る」

秋都はｉＰｈｏｎｅを取り出し、カメラを起動した。

「おお！　やる気満々だね」

楓に話した理由は嘘ではない。落ちる雨粒を綺麗に捉える方法を読んだので、試したい気持ちがあった。だが本当はそれ以上に、好きな女の子の母親と同じ車に乗るのを避けたい気持ちもあった。自分がそんな普通のことを思うとは少し驚きだ。

「そうだ。今度、秋都の撮った動画、お母さんにも見てもらおうかな？」

「は？」

　同じ車に乗るのすら遠慮したいのに、それはなかなかにハードルが高い。余命僅かな娘の日々を撮っている男というのは、母親にはどう見えるのだろう。というか、そもそも自分が撮った画を楓以外に見せたことはないため、普通に抵抗がある。

「……なんで？」

「うちのお母さん、テレビ局の偉い人なんだよ。だから」

「だから？」

「秋都の才能がわかるかもしれないでしょ」

「ないよそんなもん」

「あるよ。ある」

　楓は、妙にむきになって何度も頷いた。なんだか、信じたくなる。秋都は自分自身を信頼していないし、まったく期待もしていない。だが、楓がそう言うのなら。

「……あるといいな」

　そうあってほしい。楓の望みに応えるために。

「うん。最高のカメラマンに、最高の姿を残してもらうんだ」

　繋いだ楓の手に、力がこもるのを感じた。

「才能がどうとかはわからないけど、俺にできることはするから」

あちこちに出かけて、色々な時間に、様々な風景を背に、楓の生命の輝きを撮る。これまでもやってきたことだが、残りの日々はその意味を知りながら。

死んだみたいに生きてきた自分に与えられるには皮肉な役目だが、それでも。

秋都は激しく拳を振り上げて誓うことはしない。強気な言葉で自らを奮い立たせることもしない。ただ、楓と繋いでいないほうの手、ポケットの中の左手を、そっと握るだけだ。

楓は、カメラを回していなかったのが悔やまれるような微笑みを秋都に向けた。

それはたしかに微笑みなのに、美しかったのに。泣いているような顔。

「そしたら、死ぬ時も少しは寂しくなくなるよね」

人は、こんなにも哀しく笑うことができるのか。そう、思う。

その表情は秋都にあることを決意させたが、それは誰にも、とくに楓には絶対に伝えられないことだった。少なくとも今は。

まもなく、楓の母、牡丹が乗る車、レクサスがバス停留所に到着。牡丹は秋都のことを楓から聞いていたらしく、わずかに言葉を交わした。とはいっても、たいしたやりとりではない。

ああ、あなたが鈴木くんね。楓から聞いていました。ご迷惑をおかけすることもあると思いますが、楓をよろしくお願いします。ただ、それだけ。

瀟洒なスーツ姿で髪をシニヨンにまとめていた牡丹は、どこかビジネスライクに秋都に接した。疲れているようにも見えたし、鉄仮面のごとく冷静な表情にも見えた。若く見えるところ以外は、想像していた楓の母親像とは真逆だ。

余命僅かな娘を持つ母親の心情など秋都には慮ることもできない。ただ、意外だったとは思う。

「本当に貴方は送らなくていいのかしら」

「大丈夫です」

「……そう。じゃあ楓、行きますよ」

「はい。じゃあ秋都、ばいばい」

助手席の窓をあけて手を振る楓。彼女は車に乗り込むための一瞬の移動で少しだけ雨に濡れていたのだが、牡丹は彼女の背中をタオルで拭きつつ秋都に頭をさげた。秋都ならば放っておいて自然乾燥を待つ程度の雨粒を、不機嫌な顔と乱暴にも見える手つきながら、拭いている。

秋都には関わりの少ない父親しかいないが、母親というのはそういうものなんだろうか、と思わされる。

「気を付けて」

秋都は牡丹に頭をさげ、楓には小さく手を振った。離れていくテールランプをみつめて、その光が交差点の向こうにみえなくなるまで、ずっと。

「寂しくないよね、か」

そしてそう呟く。秋都は、今は死にたいとは思っていなかった。これからしばらくの間だけは、死ねない。それは、やるべきことができたからだ。証を残したいという楓の想いには、最後まで付き合う。でも、それが終わったら。

そのためにこれまで死なずにいたのかもしれない。

一瞬だけ悪くないかもしれないと思えた世界はやっぱりロクなものではなかったし、その理不尽は耐えがたい。やりたいことはこの先ないし、生きる意味なんてきっとない。それに、もしかしたら楓の寂しさも少しはマシになるかもしれない。そう思って、秋都は決めた。

俺は、楓が死んだら死ぬ。それは悲壮な決意というよりは、ごく自然な帰着であるように思えた。

〈シーン4　カット〉

映像作家AKIのもとには複数の仕事の依頼が舞い込んできていた。いや、舞い込んできたという表現は正確ではない。どちらかといえば、高所から次々に投げ下ろされてきたように感じられる。少なくとも、秋都にとっては。

「ＡＫＩさん、ここはもう少し光を強くするとかどうですかね？」

今日の撮影に立ち会ったフレンチレストランのオーナーは、秋都の撮影プランを聞いて要望を述べた。撮影を秋都に依頼してきたＷＥＢマガジンの編集者も同意するように頷く。

「あー……。でもそうすると、このお店のシックな雰囲気とかが……」

秋都は上手く言葉にできなかった。店内のあちこちからにじみ出ている静謐な何かを美しく感じていたのだが、『何か』では通じそうもない。胡桃沢が言ったように、言葉でないものを言葉にするのは難しい。

「とにかく料理がバエる感じにしたいんで、キラキラする感じでお願いします。絶対そのほうがアクセス増えるんで！」

「……はあ。わかりました」

本当はよくわからないが、とにかくそういうものらしい。秋都はこんな高級店に食事に来たことはないし、東京のお洒落でリッチなライフスタイルを紹介するというＷＥＢマガジンもこれまで読んだことはなかった。

「そうすると、どうしましょうか。カウンターのほうからライトあてますか」

「いいですね。そうしましょう」

よくわからないまま、撮影器具の照明を取り出して設置する。この照明器具も、手にしているカメラも、新たに購入したものだった。iPhoneはポケットの中だ。

「じゃあ、お願いします」

これから撮る予定のモデルの女性にそう声をかける。と、いっても彼女が映るのは手だけだ。白くて細くてマニキュアが派手な指が、銀色に輝くナイフとフォークで食事をするシーンを撮ることになっている。高級感のある薄暗い店内、バカでかい皿にわずかにのせられたこの店オリジナルの創作フレンチ、ワイングラスに注がれている長い名前の赤ワイン、そしてテーブルを無遠慮に照らす光。

撮影開始。テーブルのシーン以外にもいくつかのシーンを撮って撮影終わり。

「うん、いいですね！　あとはAKIさんのセンスにお任せします」

オーナーも編集者も満足したようだった。とりあえず素材のレベルでは、ということではあるが。そして一応、秋都も彼らが求めているものは理解できた。音楽も彼らが宣伝したい曲を使うことになっているし、あとはそれっぽい編集をすればおそらくOKとなるだろう。そして、その動画は一部界隈(かいわい)では話題に上ったりもするのかもしれない。そう、これまで受けたいくつかの案件と同じように。

AKIは今では、胡桃沢と二人だけで動画を投稿していたころよりもはるかに多くの人に知られ、求められるようになっている。評価も上がった。それは、誰もが求める映像というものへの理解が深まったから、なのだろう。

「じゃあ、僕はこれで」

今後の流れを確認したあと短い挨拶(あいさつ)をすませ、秋都は店を出た。六本木にはあまり来たことがなかったので、仕事の撮影後に余裕があれば近くでカメラを回したいと思っていたのだが、明日も大学があるし、これから自宅で作業をしなければならない。時間はなさそうだった。

「……さむ」

季節はもう冬に差し掛かっていて、六本木のビル群を吹き抜ける風が体温を奪っていく。秋都はストールを巻きなおした。駅に向かう道中では、仲間同士で楽しそうに騒いでいる人たちが視界に入る。数メートルごとにそうした集団の横を通っていく。まるで、黙々と歩く秋都一人だけが別の惑星からやってきたエイリアンのように感じられた。

外の音を今は聞きたくなくて、イヤフォンをつける。再生するのは、胡桃沢に送ってもらったあの酷い歌詞の曲、『クソニガチョコレート』。

みんなが好きっていうチョコレートはチョコレートじゃない。ただの、砂糖だ。

＊

秋都の住むアパートメントはもともと自室であり仕事場だったが、最近では後者の占める割合が増えてきている。カメラだけではなく、撮影用の機材が増えているからだ。

「さて、と」

なんとか作業ができるように、あえてそう口にする。さきほど撮影したレストラン宣伝用の動画を編集するためだ。

薄暗い部屋で、ただカチカチというクリック音だけが響く。編集プランは大体できているので、迷うこともない。先日撮影したフィットネスジムのCMも、先週撮影したファッションインフルエンサーのコーディネート動画も同じだ。クライアントが見せたいように、見てほしい姿に見えるように、撮る。彼らはみんなシネマティックな要素を求めたし、それで映像や商品が魅力的に映えることを期待した。

「こんなもんか」

作業をしばらく続けて、完成品を確認する。口にしたとおり、こんなものだろう。おそらく、これまで同様満足してもらえるはずだ。それを考えれば、自分は上手くやっているのだろう。

とにかく『映え』を意識して、キャッチーになるように。そして彼らが『ＡＫＩ』らしいと評するシネマティックな要素を表面にまぶす。ショートドラマのような作りにすることもある。そしてその映像は一定の評価を得ている。秋都自身が被写体について感じたことなど大した問題ではない。それが、人に何かを伝えるということなのだろう。

最初は戸惑いもあり、苦労もしたがすっかり慣れた。撮った映像を丸々修正され、それでも製作者名に新進気鋭の映像作家とされている『ＡＫＩ』を使用したいと言われることもなくなった。

そういう意味では、自分には多少の才能はあったのかもしれない。そうも思う。あくまでも多少だ。思っていたより賢く、器用に撮れる。

だが前提として、こうして仕事がきて、撮った映像を誰かが見てくれているのは『ＡＫＩ』という名前の価値のおかげだ、そしてその価値は胡桃沢と活動したことで引きあげられたものだ。胡桃沢は本人に魅力があり、またその魅力を発信することに熱心だ。だから秋都のカメラなどなくてもいずれは世間に高く評価されていたはずだ。

生きる意味を求めて、やっとみつけたその可能性。映像を撮るという道を曲がりなりにも進めているのは、胡桃沢のおかげといえるわけで、感謝すべきことなのだろう。

秋都はいまだ芸大に通う学生の身ではあるが、映像作家として活動している。卒業後に職にあぶれる可能性は下がった。そして、おそらくは比較的好きであろうことを仕事にできている。これはいいことだ。

　相変わらずイヤなことはある。むしろ仕事で人と関わるようになり、映像を撮る方向性を指定されたりで増えたかもしれない。でもそれが働くということで、多くの大人はこうやって生きている。だからこれでいい。死にたいという気持ちだって、いずれは消えてくれる。

　きっと、そうだ。

　秋都は、デスクに置いてある小箱を開けて、そこに入っているUSBを手に取った。

　楓が残したこれの中身は、まだ見られていない。でもいつか、これを見ることができるようになるかもしれない。

「……ふーっ」

　作業を長時間続けていたせいで目が疲れた。USBを小箱に戻した秋都は瞼に指先を当て、軽くもむ。それから、PCを操作して自分の撮影した動画の再生を止めた。代わりに適当なSNSを開く。すると、すぐに見つかる。胡桃沢の新しい動画だ。

〈仕事や学校に行くのがつらい月曜に〉

　最初にそうテロップが入ったあと、胡桃沢の歌う様子が流れた。白く愛らしく染められた胡桃沢の姿とポジティブで優しい歌詞と耳触りのいいメロディ。癒された、勇気をもらえたというコメント。秋都にはどこか虚しくみえる最近の胡桃沢の映像だが、以前秋都が撮っていたときよりもはるかに閲覧者は増えている。

　この「〇〇な〇曜日に」のシリーズも好評のようだ。さすがに、ちゃんとした事務所がちゃんと計算したうえで作っているだけのことはある。これの他にもインフルエンサーとのコラボ動画やWEB広告も評判がいいらしい。

　あの夜、公園で聞いた『クソニガチョコレート』という酷い詞の歌でのメジャーデビューも決まったと聞いた。次々に公開されている最近の胡桃沢の曲や動画とは方向性が違う曲だが、秋都も強さを感じた曲だ。なにか考えがあってのことなのだろう。

　いずれにせよ、胡桃沢はどんどん彼女の望む方向へと進んでいる。

　ということは、今のところ胡桃沢も秋都も順調といえるだろう。もちろん、胡桃沢のほうが圧倒的に成功しているわけだが、元からのモチベーションや資質を考えれば、秋都にしては上出来だ。

　そういえば、と思い出す。数時間前にその胡桃沢からメッセージが複数着信していたはずだ。仕事中だったこともあり、内容を確認していない。スマートフォンは充電中のため、秋都はPCからメッセージボックスを開いた。

〈先輩、すみません。明日の撮影なんですけど〉

　という前置きから始まるいくつものメッセージ。前から思っていたが、何故胡桃沢は一つのメッセージに用件をすべていれずに小分けにするのだろう。

目つきの悪い黒猫が『おねがい！』と頭を下げるスタンプを含めて読み終えた。要するに、明日二人で行う予定だった『ちーちゃんねる』に投稿する動画撮影の時間を後ろにずらせないか、という内容だ。何か他の仕事が入ったらしい。

秋都は時計をみてから返信を打った。夜も深い時間だが、胡桃沢は多分起きている。

〈了解。というか、別に無理しなくてもいいけど。忙しければ中止にしたら〉

明日は秋都には仕事が入っていない。午前中には芸大での講義があるが、そのあとの予定はなかった。なので時間をずらすことはかまわない。その前にそもそも、あれは胡桃沢のチャンネルなのだから秋都にあわせて撮る必要はない。胡桃沢はすでにWEB発のシンガーとして人気を博し、他での露出も得ているのだから以前のように自チャンネルでの動画投稿を熱心に行わなくてもいいような気がする。実際、このところ更新頻度は落ちているし、それゆえ胡桃沢と会う頻度も減った。

彼女は忙しいのだろうし、この前ひさしぶりに会ったときは疲れているようにも見えた。無理して撮影をしなくても休むなり友人と遊ぶなりしたほうがいいだろう。

と、いうようなことを考えた上での返信だった。すぐに既読が付く。

胡桃沢は世界既読早つけ選手権というものがあれば日本代表になれるくらい早い。そしてたいていの場合は返信も早い。なので秋都はPCの画面をそのままにしてしばらく待った。だが、今回は返信がこない。

まあいいか。読んではいるのだから明日の朝には返信があるだろう。秋都はPCをシャットダウンしようとしたが、そのタイミングでスピーカーから着信音が鳴る。

〈なんでそういうことというんですか〉

珍しい。一行だけのメッセージだ。そして意図がわからない。

〈なんでって、なにが?〉

〈撮影中止にしよう、とかですよ〉

〈?　別に無理する必要ないと思って〉

〈先輩は明日、時間変更だと都合悪いんですか〉

〈いや別に〉

〈じゃあ撮ってください〉

なにかムキになっている感じの文面に見えた。どうかしたのかと尋ねようとしたが、秋都がメッセージを打ち込むより早く、胡桃沢からURLが送られてきた。リモートミーティング用のものらしい。

なんでわざわざ、とメッセージを送ろうと思ったがやめた。直接聞いたほうが早い。URLをクリックし、胡桃沢とのアクセスをつなぐ。PCのモニタに胡桃沢の顔が映った。どうやら自室にいるらしい。

「え。先輩早いですね」

「そりゃ、今やりとりしてたしな」

「そういう意味ではなくて、こういうリモートって準備があるじゃないですか。こう、メイクとか着替えとか背景に小物とか」

そういう胡桃沢はフード付きのもこもこしたパーカーを着ていた。フードからはウサギの耳が生えている。可愛い部屋着、ということなのだろう。さらにメイクもうっすらしていて、背後には外国製と思われる雑貨が陳列された本棚。ドラマや映画に出てくるような、リアリティのないプライベート姿だ。

「胡桃沢にどう見られても俺は別に」

一方の秋都はいつも通りの白のロングTシャツ姿で、髪は適当に結っている。薄暗い室内は機材のほかには何もない。胡桃沢に、というよりは誰にどう思われようと別にかまわない。

「なんですかそれ」

胡桃沢は唇を歪め、目を細めた。出会ったばかりのころなら、頬を膨らませて唇をとがらせるそぶりをしてみせただろうな、と思う。

「それで、なんだよわざわざ」

「そうだ明日！　ちゃんと来てくださいよ？」

胡桃沢が前のめりになり、顔が大きくなった。ＰＣのカメラにぐっと身を寄せたのだろう。それで気が付いたのだが、彼女は少し痩せたようにみえる。

「俺は別にいいけど。忙しいんじゃないのか？」

「忙しいですよ。見ましたか今月のノンノ。特集ページ千歳ちゃんの一週間コーデ」

胡桃沢はため息をついた。そのファッション誌は読んでいないが、大体どういう企画なのかは想像がつくし、それがどれほど凄いことなのかということもわかる。

「見てないけど。でもお疲れ」

「そうです。お疲れです。でも先輩との撮影はするって言ってるんですよ」

「はぁ」

妙に頑なな胡桃沢の意図がわからず、秋都は曖昧に答えた。そんな秋都に胡桃沢は一瞬黙り込み、俯く。

「……お願いしますよ」

俯いていたため表情がうかがえないが、ポツリとしたその呟きは、まるで絞り出されるような声に聞こえた。

「行かないとは言ってないだろ。どうした？」

胡桃沢は今度は画面の右のほうに顔をそらした。画面越しの会話というのは、相手の感情が見えづらい。

「じゃあ、いいです。ちゃんと、いつもみたいに撮ってくださいね。いちおー、楽しみにしてますから」

「……？　ああ」

「ではでは、お肌に悪いので私はもう寝ます！　また明日。おやすみなさい！」

選手宣誓でもするように腕をあげてまくしたて、直後に表示される『接続が終了しました』というメッセージ。最後だけはやたらテンションが高く、しかも一方的に会話が終わった。もしかしたら、酒でも入っていたのかもしれない。

「なんだあれ……」

わからないが、どうせ明日会うことになるのだからあえて追及することもないだろう。秋都はそう判断し、今度こそ就寝すべくＰＣの電源を落とそうとした、が。

ぴん。という着信音がまた響いた。本当にどうしたんだあいつは、そう思い確認したが、着信したのはさきほどまで胡桃沢とやりとりしていたアプリではなく、あまり使っていないメールアカウントのほうだった。そして差出人も秋都の予想とは異なっている。

「……っ」

口元に手を当て、息をのむ。そうせずにはいられなかった。

メッセージの差出人欄にあったのは、もう二度と連絡が来ることはないと思っていた人物、しかし絶対に忘れることはないだろう人物の名前だった。

一ノ瀬牡丹。一ノ瀬楓の、母親。楓の言葉を借りるなら、テレビ局の偉い人だ。そしてその立場から、楓と秋都のすごした一年間を映画にした女性である。

秋都はほぼ無意識のうちにメールを開いていた。

長文だ。そしてあの時と同じようにビジネスメールの文体でもある。

久しぶりの連絡となったことへのお詫び。生前の楓と親しくしていたことへの感謝。例の映画がヒットしているという報告。その要因として秋都が提供に応じた楓の動画があったことへのお礼。固い文面だ。

いずれの内容も、楓が亡くなった直後や映画の制作過程で同じ連絡をうけていたことだ。今更、繰り返すようなことではない。

また、以前も感じていたことだが、そもそも秋都は牡丹からお詫びも報告も感謝もされるような立場にはないと思っている。楓の最後の日々を撮ったのは楓に頼まれたことに端を発するが秋都が自分の意志で行ったことだ。撮った映像は遺族である牡丹に渡すのが当然である。映像を映画に使用することも、死を前にした楓が語った望みに即しているはずだと思った。少なくともあのときは。

秋都は牡丹のために何かをしたわけではない。感動的にデフォルメされたあの映画の反響も、自分には関係がない。だから牡丹から連絡がくることはもうないと思っていた。なのに、何故。

メールを読み進めていると、その理由がわかった。文面はこう続いていたのだ。

〈もし間違っていたら申し訳ないのですが、ＡＫＩという映像作家は鈴木さんではないでしょうか〉

まったく想像もしていなかった問いかけに、秋都は目を見開いた。意味がわからない。

〈先日、お付き合いのある代理店からお話を伺い、作品も何点か拝見したのですが……〉

なるほど。牡丹は『テレビ局の偉い人』であり、広告代理店をはじめとした、いわゆる業界に顔が広いのだろう。であるならば、ここ数か月で話題に上った胡桃沢の『ちーちゃんねる』やＡＫＩの映像作品について知っていてもおかしくはない。これまで投稿してきた映像には楓を撮った映像と共通する要素があったのかもしれないし、あるいは秋都が直接会った仕事相手からなにかの情報を聞き、それで分かったというのもありそうな話だ。

しかしわからないのは、何故牡丹がそんなことを確認するのか、という点である。

楓は死んだ。もういない。死後、葬儀や映画の兼ね合いで多少連絡を取っていただけのその母も、秋都にはもう関わりがない人物だ。そのはずなのに。

牡丹からのメールはさらに続いていた。

もし、秋都がＡＫＩであるならば話したいことがあること。それはおそらく秋都にとって悪い話ではないこと。もし前向きに検討してもらえるのならば、会って説明をしたいこと。楓もそれを望むであろうこと。

秋都が牡丹に直接会ったのは数回だけ。どの時も、彼女は当時高校生の秋都に対して敬語を使っていた。このメールも、その延長線上にあるように思う。

秋都は一ノ瀬牡丹という人物のことをよく知らない。ただ、死にゆく楓への接し方や楓亡きあとの立ち振る舞いには驚いたし、楓から聞いた過去の話で嫌悪感を覚えることもあった。加えて完成した例の映画のプロデューサーであるという事実がある。

そんな相手からの連絡。俺は、どうすべきなのだろう。

秋都はモニタの前で硬直した。

PCの作動音と、壁が湿度変化できしむ音、時計の秒針の刻み。自分自身の息遣い。そうした音だけが響く長い時間が過ぎ、秋都はようやくキーボードに手をかけた。

＊

鈴木秋都とのリモート接続を切断した胡桃沢千歳は、被っていたウサギの耳付きフードを外した。鬱陶しくて邪魔だ。

秋都と接するのは割とラクだと思っている。少なくとも他の誰と接するよりもラクだ。

あの人は私のことが好きではない。そして私が色々やろうともそれは変わらないことがわかった。一方で、これまで何度も千歳が受けてきたような妬みや陰口といった負の感情を彼が持つこともないのだろう。彼は多分、他人への感情が弱く、本質的にどうでもいいと思っているのだ。だから千歳がいつも他人にしているような『サービス』はいらないと理解した。

だが、完全にオフにできるわけではない。それは長年の行ないで染みついた習性だからだ。その証拠がこのバカみたいなウサギの耳である。

ため息が出る。千歳は、さきほどまで自分が映っていた画面の背景になっていただろう棚を元の状態に戻した。つまりは要りもしないお洒落な小物をすべて箱につめて片付け、代わりに歌詞や楽譜を戻す。棚はパンパンになり、見苦しい。だけどこのほうが便利だ。PCの位置も元のちゃぶ台のうえに戻す。この位置にPCを置いていると、築年数が古い木造のアパートに住んでいることがバレてしまうので、毎回場所を移している。

誰かとリモート通話するたびにこの作業をするのは煩わしい。今回、秋都が相手ということでこの作業をカットしてみようかと思ったが、そこまでは思いきれなかった。

「ムカついてきた」

つい、口をつく言葉。というのは、秋都のほうの画面にはそうした気づかいが全く感じられなかったからだ。にも拘わらず別に見苦しくなかった。彼の痩せた体を包む洗いざらしのオーバーサイズTシャツも、適当に伸ばして結った髪も、いつも通り。背景に映る部屋は生活感がゼロ。やさぐれた芸術家っぽい相手がタイプの女性なら、むしろ好物だろう。

そういえばちらりと見えたキッチンも綺麗だった。いつもカロリースナックとコーヒーばかりなあの人は、おそらく料理などまったくしないのだろう。

やはり、そろそろ引っ越すことも検討しよう。服代や交際費がかかるから住んでいるこの安アパートだが、フォロワーの増加に比例してお金だって入るようになってきたのだから。そうも思うが、このアパート自体は気に入っている。近所の環境が便利なのだ。それを捨てて、面倒な引っ越しをする必要があることもムカつく。

ムカつくといえば、わざわざリモートURLを送った自分自身にも若干ムカつく。

ムカついたので、スマホを取り出した。やることはエゴサだ。自分が映っているコンテンツを見たり、SNSであげられた自分への感想をみたり。こうすると、気分がいい。

ベッドに倒れこんで仰向けになり、画面をタップする。

踊っているショート動画、歌っているMV、ファッションスナップ、トークライブ。色々だ。だけど自分自体は見ない。大切なのは、閲覧数やコメントだ。

可愛い、お洒落、エモい、あこがれる、付き合いたい、尊い、苦しい、やばい、待ってた、次も楽しみ、面白い、推せる。

そうしたコメントを読んでいると、落ち着く。許されている気がする。人気があるのは、素晴らしいことだ。

ただ、端っこに映っている自分の姿が視界に入ると、胸に重苦しい何かが乗せられたような感じがする。風邪の引き始めのように喉が詰まる。グロいものを観たような気がする。だから目をそらす。

「きもちわる」

もちろん、自分の動画は一度は確認している。ちゃんと可愛いか、ちゃんと愛らしいか。目を細めるタイミングや口角を上げる角度まで計算してカメラに映っている。だけどそのあと見返したいとは思わない。いろんな仕事が入るようになってからはより顕著だ。最近では、確認のために見ているだけで吐き気がする。

自分が出ているコンテンツを次々確認していく。音声はオフ。辛い月曜日の憂鬱を励ます歌は別に聞きたくないし、そんなに歌いたくもなかった。トークが面白いと評判の配信者とのコラボ動画で相槌を打って笑う自分の声も好きじゃない。大事なのは、それを聴いた人の反応だ。

多くの高評価や好反応が千歳を包む。外側が包み込まれるから、自分の輪郭がわかる。柔らかく包んでくれるこれが、これ自体が自分の形そのものだ。

「げ。……ちっ」

コメントのなかに妙なイチャモンをみつけて、舌打ちが出た。

曰く、笑顔が嘘っぽくて寒い。自分が可愛いと知ってる感じが鼻につく。キャッチーなだけで中身のない頭ゆるふわソングがバカっぽい。

「バカなのはあんただってての」

見せる活動をしているのだから魅力的な表情を作るのは当然のことだし、頭悪そうな歌はわかりやすくバズる。あえてやっている自明のことを鬼の首でも取ったようにしたり顔で指摘してくるのはバカなんじゃないかと思う。

最近はこういうアンチが増えた。有名になっていくのに比例するのだろうからある程度は仕方ないとはわかっているが、胸がざわついてしまう。それを誤魔化すために悪態をついてしまう。せっかく、形成された愛の輪郭に不純物が混じるのは耐えがたかった。

こういうものも、増えていくのだろう。悪評なんか見なければいいという人もいるだろうが、そうはいかないのだ。自動的に目に入ってくるものだし、そうじゃなくても存在すること自体が気に入らない。

ではどうすればいいか。もっと人気になればいい。もっと、もっと、もっとだ。アンチコメントが他のフォロワーに袋叩きにされて削除になるくらい、突き抜けてだ。もちろんアンチが消えることはないのはわかっているが、それを圧倒的に上回るくらいフォロワーがいてくれれば安心な気がする。不純物の量が相対的に減ればいいのだ。みんなに好かれるように、もっとみんなに好かれるように。必死にならなければならない。そうじゃないと生きていけない。

千歳は、エゴサを中断してスケジュール管理アプリを開いた。

今日も仕事をした。雑誌の取材だ。昨日も仕事をした。ゲストとして呼ばれたラジオ番組に大学を自主休講して参加した。一昨日も仕事をした。事務所が主導して作っているショート動画の撮影だ。仕事をした。仕事をした。仕事をした。

次々にやってくる機会は、華やかな現場は素晴らしいものだ。どんどん受けよう。色々な人が望む通りの胡桃沢千歳を提供しつづければ結果はおのずとついてくるはずだ。

近くシンガーソングライターとして『クソニガチョコレート』でメジャーデビューすることも決まっている。攻めた歌詞だったのでまさかあれに決まるとは思っていなかったが、お気に入りの曲なのでそれは普通に嬉しい。決めた人けっこーセンスいいなと思った。曲を評価されたとのことで現在詳細を調整中だ。

そのうち映画やドラマの出演のオファーもくることだろう。

忙しさのせいか時々吐き気がするし、最近はあまりゴハンの味がしなくて食欲がないが、そんなものは些細なことだ。ダイエットにもなる。

「ふう」

明日の分まで確認した後、スケジュール管理アプリを閉じる。明日は午前中だけ講義に出て、午後はインタビューと写真撮影がある。そのあとは先輩と落ち合って『ちーちゃんねる』に投稿するMVの撮影だ。事前の打ち合わせで今回はやや長めの動画になる予定となっている。

今日やるべきことは全部終わった。あとはいつも通りの入眠のルーティンに入る。『先輩が撮ったやつ』フォルダを開き、これまでに鈴木秋都が撮影した自分の動画を見るのだ。これは、自分が映っているのを観ても気にならない。とりあえず、先月撮影したばかりのデータを再生した。

新宿にあるビルの屋上で撮ったものだ。茜色の空の下、光と影のコントラストのなかに千歳の姿が浮かび上がる。フェンス際に立つ千歳はポケットに手をいれている。その足元に広がる街並みは灰色でなんか汚いのに、目が奪われる。茜色に染まる空からの光が絞り込まれ、千歳の顔が一度ぼやけた。すぐにピントが合い、表情がわかる。唇を噛み、それから歌いだす。そんなシーン。曲は千歳のオリジナルで、『ゴミ溜めみたいに綺麗な街』。なんとなく思ったことをそのまま歌詞にした、自分でもちょっと意味不明な歌が、ちゃんと映像になっている。じっと、映像を最後まで見終えた。

ああ、私ってこんな顔だったな、なんてことを感じる。こんな表情は普段絶対していないのにそう感じるから不思議だ。彼の撮った動画は、いつもこうだ。

次の動画を見る。時間の兼ね合いもあるので、一日に観るのは三本までだ。どれを観てもやっぱり、自分の姿がしっくりくる。自分という容器に水を注がれて、その水の形で自分の輪郭がわかるような、そんな気分。

すこし、落ち着いた。これで今日も眠れそうだ。

「寝よ」

先輩に会うのは、あの人にカメラをむけられるのは久しぶりだ。正直、楽しみだ。だから無駄にリモート通話なんてして念押ししてしまった。別に、彼に恋をしているというわけではないと思う。一度も笑ったところをみたことがないし、面白い人だとも思わない。友人としてもおそらく適当ではない。でも楽しみだ。

メインにしているチャンネルの人気コンテンツが増えるのはいいことだし、私の睡眠薬が一つ増える。

あの死んだ魚のような目には、多分私の本当が映っている。

〈セツナイ恋の物語——本当の話——シーン5〉

楓が倒れた。

その日は楓の希望で横浜まで電車を乗り継いで出かけていた。大きな観覧車に乗って、ナイフみたいな形のビルを眺めて、赤レンガ倉庫を冷やかして。歴史あるお洒落な港町で観光客らしく楽しむ楓の様子を撮影した。途中、楓の友人だという高校の同級生と偶然に出くわし、『付き合ってるの？』という問いかけに対して、ふざけて肯定してもいた。

そんな一日が、楓は楽しかったのだと思う。だから、無理をしすぎたのだ。

帰り道、駅の階段を上っている途中で楓は座り込み、そのまま意識を失った。

いつかこういう日が来るのではないかと思っていたから、秋都はシミュレーション通りに行動できた。

グッタリしている楓を抱きかかえ、悪いとは思いつつも彼女がいつも持ち歩いている手帳を無断で開いた。手帳は楓が日記帳として活用しているものだが、そこに緊急時の連絡先が記載されているのをちらりと目にしたことがあった。

担当医に連絡し処置の指示を仰ぎ、その通りに実行し、タクシーを呼んでかかりつけの病院へ。車内で楓の母親である牡丹に電話をして事情を説明。病院到着後は楓に付き添いつつ、牡丹の到着を待つ。

結果から言えば、楓の容体は深刻なものではなかった。そもそも楓の命自体が深刻な状態にあるのだが、今回倒れたことが即座に死に直結することはないらしい。

院内での処置が終わり、楓は病室へと移った。さきほどよりは顔色もよく呼吸も安定している。もうすぐ目覚めるとのことだし、牡丹も到着した。

「君が冷静な対応をしてくれて良かったよ」

担当医は秋都にそう言った。少なくとも表面的には、そう見えたらしい。

もちろん、冷静なわけがなかった。楓が死んでしまうのではないかと思った。恐ろしかったし、その事実に心底腹が立った。事実としての楓の余命は知っていたが、その証（あかし）を現実として叩きつけられ体の一部がえぐり取られるような思いをした。

そうした強い感情を覚えるのは初めてのことだったが、最中はそんなことに気づきもしないほどに心が掻（か）き乱された。

だから、だろうか。眠る楓を牡丹に任せて病院を出たあとになって、楓の手帳を持ったままだったことに気づいた。

楓は毎日これに日記をつけている。もし目が覚めたら明日も何か書くのかもしれない。それにそもそも、プライベートな日記が他人の手にあるという状況はあまり気持ちのいいものではないだろう。そう考えた秋都は病院へ戻ることにした。

できれば、すでに目が覚めた楓の元気な姿が一目見たい。本当はこの理由のほうが大きかったのかもしれない。

病院のロビーに到着すると、さきほども話した楓の担当医がいた。忘れ物でも？　と尋ねられたので、日記を返してくるだけだと答えるとそのまま病室へ行くことを許可された。

夜の病院の独特な空気。清潔な匂いと、清潔すぎることで生じるある種の不穏さ。病衣を着た人々の陰鬱な足取り。今だからこそ強く感じるそれらの中を通り、エレベーターに乗って、楓の病室へ向かう。近づいていく病室からは、明かりが漏れていた。

話し声がする。牡丹の声だ。ということは、と耳を澄ます。ドアのすぐ傍まできてようやく、いつもの楓からは考えられないほどか細い、しかし彼女のものだとわかる声が聞こえた。

「私、もう嫌だよ」

夜の病棟は静かだ。だから、その消え入りそうな声でも聞き取れてしまう。

その場にいるのであろう牡丹は、楓の言葉に対して何も答えはしなかった。無理もない。秋都もまた、全身が鎖に縛り付けられたように動けなくなった。

「……どうして？　なんで私が死ぬの？　生きていられないの？」

声が、濡れていた。きっと普段は体や心の奥底に栓をして溜まり続けるそれが、漏れ出していた。

「せめて秋都の前では元気でいたかったのに、それなのに、なんで。イヤだ。なんで私ばっかり。あとちょっとだけじゃん。ちょっとだけだよ。どうせ死ぬんだから、それくらい許してよ……！」

許して、という懇願は誰に向けられたものなのだろう。

神様とか世界とか運命とか、きっと形の見えない何か。でも縋らざるをえない何か。

「ひどいよ。私、こんなに頑張ってるのに。ちゃんと受け止めて、頑張ってるのに。意味わからないよ……！　諦めたのに、諦めてでも少しでもなにかって思って、それで毎日、怖いのに、すごく怖いのに、それなのに。こんなのっておかしいよ。治ってよ……！」

徐々に声を荒らげていく楓。その内容は支離滅裂で、だけどだからこそ彼女の感情がまっすぐに突き刺さってくる。

「これからもこんなことばっかりで、そのうち出かけることもできなくなって、窶れて、見るからにかわいそうな病人になって、病院で苦しい思いばっかりして……あははは」

「……落ち着いて、楓」

牡丹の声と、何かがぶつかる音が聞こえる。

ドア近くの壁に背をあずけて立つ秋都は、自身の口元を手で押さえた。病室内の光景が見える気がして、そうせずにはいられなかった。

楓のこんな姿は、見たことがない。それは、楓がそう努めていたからなのだと悟る。

いや、本当はわかっていた。少し考えれば当然のことだ。

楓は、どこかで死を望んでいる秋都とは真逆の存在だ。色々なことを楽しいと感じ、生きていることが嬉しいと言う楓が、死を受け入れられるはずがない。

それでも彼女は、前向きなままの姿をみせていた。きっと、恐ろしくてたまらないはずなのに、理不尽への凄まじい怒りがあるはずなのに。

それを押さえつけ、日々を生きていた。きっと残された命を最大限にまっとうするために。なんて強いのだろう。なんて哀しいのだろう。

「高校も卒業できない、やってみたいと思ってた仕事もできない！　友達と遊ぶことも、漫画を読むことも、ぜんぶぜんぶぜんぶ！」

楓は嘆きつづける。それは、未来が断たれていることを理解している人間の、具体的で現実的な苦しみ。

「お母さんが私をこんな風に生まなければ！」

秋都は俯き、目を閉じた。

本当は、楓は自分にこんな場面を聞かれたくないだろうということはわかっている。しかし、聴かなければいけない気がした。

涙の音、というものがある。それは人の声に混ざるものだ。涙の音がする。楓が発する、文章にすれば滅茶苦茶になるであろう小さな絶叫のすべてから涙の音がする。

映画やドラマで目にするような儚げで切ない独白ではない。恨み言や怒りや哀しみをただひたすらにぶちまける声は、傷ついた獣が呻いているかのように聞こえる。ちっとも綺麗じゃなくて可憐じゃなくて、だから本当のこと。

秋都は必死に声を殺し、拳を強く握った。歯を食いしばり、血の味がした。生温かくて不快な液体が頬をつたい、雫となって顎先から落ちた。

もし、神様というものが本当にいるのなら。楓を生かしてほしい。

代償がいるというのなら俺を殺してくれてもかまわない。本当に全然かまわない。

鈴木秋都の命は、一ノ瀬楓の命に比べれば無価値なものだ。

俺はもともと生きたいと思っていない。特に今は、もうこんな理不尽で残酷な世界にいたくないと思っている。

そんな俺が生きていて、あの楓が死ぬなんておかしい。絶対におかしい。なのにこのおかしな現実は現実で、なにも変わらない。

秋都はただ声を殺してじっとしていた。そのまま時間が過ぎていき、やがて楓が落ち着きを取り戻していく。きっと、必死にそうしている。

やがて再び聞こえてきた楓の声はどうしようもなく乾いていて、諦念と哀しみの色を帯びていた。

「……ごめん、おかあさん。私、酷いこと言った」

「いいのよ。大丈夫。大丈夫だから」

何が大丈夫なのか、きっと誰もわからない。でもそうとしか言いようがない。

「わたし、怖くて」

「ええ」

「さびしい」

寂しい。それが、最後の最後に残ったもの。秋都にはそう聞こえた。

「……ええ」

「私が死んだら、友達も、先生も、……秋都もかな、生きている人はみんな、私のことをそのうち忘れちゃうよね」

「……そんなこと……」

そんなことは、きっと、ある。

秋都はそう思ってしまった。人は、忘れていくものだから。時間は平等に、そして残酷に人を癒していく。忘れたくても、忘れたくなくても無関係に。今、秋都自身が感じている激情もきっと温度を失っていくだろう。それは秋都にも耐えられそうになかった。

楓も、きっとそれを理解している。

「ううん。そうだよ。それが寂しい。私は生きているのに、生きていたのに、生きてた証を何も残せなさそう。なんだろうね、これ。私は、生きる意味、あったのかな？」

力なく笑う楓。秋都は、心の中で彼女の問いかけに答えようとして、だがなんの言葉も見つからなかった。

　彼女が口にした問いかけ。それは、秋都自身が何度となく思い、そしていまだ答えの出ていないものだ。

　生きることに意味なんてない、ただ生まれたから生きているだけ。だからできるだけ楽しく生きればいい。そう思う人もいるし、それは多分正しい。だが秋都のように喜びが弱く苦しみを感じている人間にとっては、それだけで生きていくのは辛すぎる。そしてきっと、もう間もなく死んでしまう楓にも。だから求める。

　生きる意味、生きた証。ありもしないかもしれなくて、残せないかもしれないそんなものを求めてしまう。

「……っ。うっ……」

　楓はもう言葉を続けていない。ただ、子どものように泣いているだけだ。

　牡丹は、楓の名を何度も呼んだ。病室の中は見ていないが、きっと二人は寄り添っているのだろうとわかる。やがて、牡丹はこう口にした。

「楓が生きていたことを、私は忘れない。楓が生きた証は残る。きっと多くの人の心に、残るわ。私が必ず、そうするから」

　静かで、乾いていて、だが硬く重い響きだった。

　秋都は自分が楓の手帳を手にしたままだったことを思いだす。これを届けにきたのだった。だが今更このドアをあけて顔をだせるわけがない。だから病室を出てすぐのところにある手摺(てすり)にそっと手帳を置いた。

少し考え、自分の財布のなかに適当にいれておいたレシートを取り出す。その裏面に、ペンを走らせる。小さなレシートだし、指先は震えていたからあまり綺麗な文字は書けなかった。レシートを、手帳の適当なページに挟む。

連絡先とか確認するのにちょっと借りた。念のため伝えるけど、他の部分は読んでない。今日横浜で撮った動画はちゃんと編集してから送る。倒れたことは気にしないで。分かってたことだし俺は気にしてないから、とりあえずゆっくり養生してくれ。あと、できれば今後も撮影は続けさせてくれ。これまで撮ったやつもまとめて、ちゃんと一つの形になるようにするから。

これが、精一杯だ。本当に精一杯だ。自分が撮影した映像を楓が生きた証とするなんていうのはバカの驕(おご)りだ。でもきっと、ないよりはマシだ。ほんの少しだけでも、きっと意味はある。

今俺は楓にそれを渡すために、生きている。世界に楓の証拠を残すために撮っている。それが俺の生きる意味。だから楓が死ねばもう意味はなくなる。時間に癒されて楓を忘れてしまうこともない。意味をなくした俺はすぐに死ぬと決めたのだから。

秋都は足音を立てないように病室の前から立ち去った。

病院を出て、もうバスがないので夜道をただ歩いていく。自分の足音だけを聞きながら。

ふと、小学校時代に給食を食べ残した同級生が教師にされていた説教を思い出した。

アフリカでは食べたくても食べられない子もいるのよ。

アフリカのどの国のどんな層の子どもかもわからない、漠然としたイメージによる説教。それを近くで聞いていた秋都は不思議に思っていた。

たしかに、食べたくても食べられない人はいるのだろう。だが、そうした人がいることと、この教室にいる彼がニンジンを食べたくないこととは関係がない。

今ここにあるニンジンをアフリカに送ることができるのならばそれは両者にとっていいことだ。だが違う。このニンジンを彼が食べようが残そうが、誰かの腹が満ちるわけではない。贅沢だと言われても、世界にはニンジンを食べたくてたまらない人がいることはわかっていても、不道徳だと思っても、それでも彼にとってニンジンが美味しくないという事実は変わらない。

このニンジンを渡すことができるならどんなにいいだろう。それが叶うならなんでもする。だが叶わない。ならニンジンを持つ俺は、飢えた人がいるこの世界でどうすればいいのだろう。無理をして全部食べればいいのか、捨ててしまうのか。

どちらも、間違っている気がした。

きっと答えなんて思いつかないそんなことを考えながら歩く。一人きりで歩く駅までの道はとても遠くて、いつまでもたどり着けないような気がした。

〈シーン5　カット〉

メールでの返信を行った秋都に牡丹が指定した待ち合わせ場所は汐留にあるホテルのラウンジだった。そういえば、牡丹が働いているというテレビ局はここのすぐ近くだ。

午前中の講義を終えて、カロリースナックによる食事をすませてから到着。待ち合わせの時間より五分ほどは早い。

ラウンジ内を見渡すと、見覚えのある後ろ姿が確認できた。シニヨンにしたヘアスタイルとブラックスーツ。そう何度も会ったわけではないが、どこか冷たく鋭いその雰囲気も含めて、一ノ瀬牡丹だとすぐにわかる。彼女はタブレット端末で何かの資料を読んでいるようだった。だから秋都は正確な待ち合わせ時間まで時間を潰し、それからテーブルに向かった。

「すみません。お待たせしました。……おひさしぶりです」

今は亡き楓を挟んだ関係しかなく、再会することもないだろうと考えていた大人の女性。秋都は逡巡(しゅんじゅん)したのち、そう声をかけた。

「おひさしぶりです。どうぞ、そちらへ。……少し変わったのかしら。鈴木さんだとすぐに気づかず申し訳ありません」

「いえ」

なにが『いえ』なのかはさっぱりわからないが、促されるままに着席する。牡丹は紅茶を飲んでおり、秋都はコーヒーを注文した。

「お痩せになったようですけど、お元気にしていましたか」

「元気かどうかはわからないですけど、なんとかやってます。一ノ瀬さんはお忙しそうですね。時々お名前をみかけます」

「おかげさまで。ただ年のせいか仕事の疲れは以前より感じます」

しばらく、特に意味のない雑談が続く。意味がないことはおそらく牡丹もわかっているのだろうが、会話のこうした部分は『言葉を交わした』という事実そのものに意味がある。秋都もそのくらいのことはわかる年になったし、牡丹はもっとだ。要するにいきなり本題を切り出すことが失礼にあたる関係性の者同士が行う儀式のようなものである。それは、親子ほども年が離れた秋都への敬語からもわかる。

秋都と牡丹は、そういう関係だった。つまり、娘の恋人という立場として定着していないし、恋人の母親として親しんでいない。ただ、ビジネスライクなやりとりだけは何度かしていた。それは楓が死んだから、そしてそのあと牡丹は映画プロデューサーとして秋都に接触してきたからだ。

柔らかい笑顔で会話を続ける牡丹。その内容も、当たり障りがなく実際の感情は見えづらい。秋都は彼女のそんな様子から楓ではなく胡桃沢を思い出した。もちろん顔立ちは楓に似ているにもかかわらず、である。

ただ牡丹は秋都と接するとき、こうした立ち振る舞いを毎回一度は崩す。

「……楓のことは、本当にありがとう。とても感謝しているわ」

牡丹はそう言うときだけは、秋都に対する敬語をやめる。深々と頭をさげる。秋都は毎回反応に困ってしまう。そして牡丹がこうしたことを言ったあとは話題が切り替わることが多かった。

「……それで、今日鈴木さんをお呼びした理由なんですけど」

きた。秋都はコーヒーカップをソーサーに置き、身を硬くして次の言葉を待った。

メールで受けた質問への回答、つまり鈴木秋都がＡＫＩであるということについてはすでに返信してある。そのうえでこうして会うことを提案され、応じた。

「最近、貴方の作った映像作品はほとんどすべて見ました。以前も思ったことだけど、貴方には才能があると思います」

眼鏡のレンズの下にある牡丹の目からは、彼女の感情が読み取れない。

「それは、どうもありがとうございます。……ですが」

「あのとき貴方は高校生だったから、そこまで踏み込んだお話しをしませんでした。ですが、こうしてご自身の意志で映像の仕事を始められた。であれば、私も協力したいと思っています。これはご提案なのですが、プロデュースの方法として例えば……」

「待ってください」

　牡丹は秋都の言葉を遮って話し始め、秋都はそんな牡丹の言葉を遮った。今彼女が途中まで話していたことは、まったくの予想外のことではない。彼女の立場や秋都自身の活動、そして例の映画がつくられた経緯を考えれば、なにかしら『仕事』の話だとは思っていた。ただ、秋都には尋ねたいことがある。今日、ここに出向いたのはそのためもあった。

「なにかしら」

「そのお話しの前に、僕からお聞きしたいことがあります。失礼なことだとはわかっています。でも。……いいですか」

　牡丹は、ええもちろん、と答え、まだ飲み終えていない紅茶とコーヒーのお代わりを注文した。長い話になる可能性を察したのだろう。

「それで、聞きたいこととは？」

「楓さんの映画が、あんな風になったのは何故ですか？」

秋都は、まっすぐに牡丹の瞳を見て尋ねた。憤りや怒り、悲しみが表情に出ないよう、細心の注意を払いながら。

ずっと、わからなかったことだ。これまで牡丹に同様の質問をしなかったのは、会う機会がなかったから。そしてこれまで会おうとしなかったのは、秋都に会うことで、牡丹に楓を失った哀しみを思い出させたくないと思ったからだ。

牡丹は目を伏せた。それから、残っていた紅茶を飲み干し、カップのふちを拭う。

「……あんな風、とはどういう意味でしょうか」

牡丹はそう言ったが、わかっているに決まっている。あんな風は、あんな風だ。

観客の感動を煽るような劇中曲は別にいい。美麗なアニメで表現されたこともかまわない。実際には観ることができなかったあの打ち上げ花火がクライマックスシーンで描かれたことも、秋都が純粋で誠実な高校生という実物とは異なるキャラクターになったことも仕方ない。

映画とは、ストーリーを興行にするというのはそういうことだとわかっている。監督や製作委員会の意向、商業的な計算、コンプライアンス、色々なファクターや思惑によってそれは作られるのだろう。牡丹に尋ねても、同じ答えが返ってくるはずだ。

ただ、わからない。そして一時は許せないとすら思っていた。

「どうして、楓さんがあんな風に描かれているんですか」

秋都の問いかけに牡丹は一瞬だけぴくりと硬直した。少なくとも秋都にはそう見えた。

映画の中の楓は、実物とはまるで違った。

天真爛漫で溌剌としていた彼女は、儚げで内気になっていた。もともと秋都のことが好きで、だから彼女から秋都に近づいたことになっていた。覚えてすらいないからなんとも思ってないと笑っていた父親へ、手紙を書いたりしていた。将来の夢が好きな人と結婚することになっていた。

そしてなにより、映画の中の彼女は最後に『死』を受け入れていた。自分が死んでしまうことを哀しみつつも、悟ったようにそれを受け入れて、美しいまま世界から消えていた。最後に、恋した相手である秋都の幸せだけを願って。星の雫のような涙だけを流して。その姿に、人々は感動した。

違う。そんなものは違う。

あの夜の彼女の叫び、そしてその叫びを抑え込んで秋都とすごしていた強さ。それが、なかったことになるなんて、おかしい。

「……それは」

「俺が、……僕が楓さんを撮った映像を渡したのは……」

あんな映画のためじゃない。

牡丹が実の娘の悲劇を映画化したことについて、世間の反応には色々なものがあった。

娘の死を商売にすることへの批判を目にしたこともある。だが秋都は違うと思っていた。『みんなに忘れられるのが怖い』『生きていた証を残したい』。楓のそんな願いを、牡丹は彼女の立場から叶えようとしているのだと思っていた。なのに、あれは楓じゃない。

　牡丹はため息をつくと、眼鏡をはずしてテーブルに置いた。

「鈴木さんの仰っていることはわかります。ですが、仕方がないことです」

　牡丹の口調には淀みがなかった。自分の主張を少しも疑っていない。そんな声だった。

「それが、人に伝えるということだからです」

「……それは、映画だから、ということですか？」

「それも含まれます。もし、楓の最後を本当にそのまま映画にしたらどうなると思いますか？　いえ、そもそも映画にはならないかもしれません。出資がされないからです。仮にされたとしても、きっと映画はヒットしないでしょう。わずかな人だけが観て、やがて存在したことすら忘れられる作品になるだけです。痛々しくて辛い話よりも、感動的で美しい物語が求められているからです。私はあの映画をヒットさせたかった。なんとしてもヒットさせたかった。……楓のことを知っている人は比べ物にならないほど多くなりました。何万人もの人たちが、あの子を愛して、涙を流しています。誰にも覚えてもらえないよりもずっと良いことだし、楓もわかってくれると思っています」

　まるで、何度も何度も練習したスピーチの原稿を読んでいるかのような牡丹。

それが、人に伝えるということだから。秋都は絶句してしまった自分に気が付いた。牡丹の言葉が間違っていると思ったからではない。逆だ。

そうかもしれないと感じた。そんな自分に驚きつつも、である。秋都自身、最近受けた仕事をこなしていくなかで似たようなことを考えていたではないか。そうやって映像の道を歩くことで生きる意味を求めたじゃないか。そして牡丹の言う通り、映画は大ヒットして楓は日本中が知っているヒロインになった。

感動的な泣けるストーリー、劇的な展開、美麗な映像、耳触りのいいメロディ。かつて秋都が馬鹿らしいと、くだらないと思っていたもの。だがそれがなければ伝わらない。そこにあるのだと、そこにいるのだと、わかってもらえない。そう知ってしまった。

生きる意味、生きた証。

私は生きていたのに。みんながそれを忘れちゃう。さびしい。

誰にも伝わらないものはないのと同じです。それって生きてるって言えますか？

エモい、バズる。エモい、バズる。

「鈴木さん？」

黙り込んでしまった秋都を、牡丹がいぶかしげにのぞき込んだ。

「……あ、すみません。大丈夫です」

「それで、さきほどのお話なのですが……」

牡丹は途中になっていた提案を再開した。映像作家としての秋都をプロデュースする、という話だ。メジャーデビュー済のミュージシャンのPV制作や地上波で流されるCMの撮影、映像コンテスト出展への協力。ゆくゆくは監督として映画制作への道筋もつけることができるかもしれないとの展望。秋都は、ただぼんやりとそれを聞いていた。心によぎるのは楓や胡桃沢の言葉と、自分が今までしてきたこと。そして牡丹の回答にどこか納得したことへの驚きがあった。

「いかがですか？」

一通り話し終えた牡丹はそう尋ねた。何か、答えなければならない。

彼女が話したことは理解している。秋都にとっては得しかない話だ。映像作家志望の若者であれば、夢のような話なのかもしれないし、あの映画で大ヒットを飛ばした牡丹のコネクションはそうしたことを可能にするのかもしれない。ただ、映画のプロデューサーを務める立場にある牡丹のような人間が、駆け出しの一映像作家をそこまでバックアップすることは通常ありえないことのように思える。奇妙だ。

「まずはコンテストですね。現在最も注目を集めているプロを対象にしたNYフィルムアワードというものがあります。こちらの協力の上で鈴木さんに出展していただければ、受賞はほぼ確実です。その実績があれば、他の展開もやりやすくなるでしょう」

含みのある物言いだった。確実というのは、おそらく秋都自身の実力のみを評価してのことではない。婉曲的に、ほぼ確実に受賞させることができる、と言っているのだ。

「音楽のPVやコマーシャルフィルムの撮影からキャリアを積んで映画を撮った人は数多いです。WEB発というところは現代的ですが、鈴木さんもそうなれると思いますよ。あの映画のエンドロールを撮ってもいますし、もし、将来的に鈴木さんがヒット作を監督することがあれば……」

牡丹は最後まで言わなかったが、秋都には続きがわかった。ぞくり、とした。牡丹の狙いはさきほどの延長線上の話だ。

この人は、俺を利用しようとしている。それは純粋に映画のプロデューサーとしてではない。だが、それがわかったからこそ、秋都はすぐに答えることができなかった。

「ご存じだとは思いますが、鈴木さんが一緒に活動していた胡桃沢千歳さんは『チョコレート』という曲で、メジャーデビューも決まっています。あれだけ話題になった動画シリーズのコンビなわけですし、彼女のデビュー曲のPVを鈴木さんが撮ることは自然ですね。NYフィルムアワードに出展することも問題ありません。もちろん、予算も機材もスタッフも都合させていただきますし、内容のほうもこちらでサポートします」

秋都は気が付けば膝の上においた手を強く握っていた。その内側にじっとりと汗がにじんでいるのを感じる。ウェイターが二杯目のコーヒーを運んできたのにも気が付いていなかった。一方、牡丹は紅茶をゆっくりと啜り、告げた。

「こちらから鈴木さんにお願いしたいことは一つだけです。しかるべきタイミングでAKIがあの鈴木秋都さんだと公開させてください。ご本人からの発表ではなく、あくまでメディアからの発信とします」

ああ、やっぱりそういうことか、と理解する。同時に力が、抜けていく。

あの鈴木秋都、というのはあの映画の主人公であり、楓本人が映っているエンドロールを撮影した人物、という意味だ。

「いかがですか？」

そうなれば、どうなるだろう。世間の反応は容易に想像がついた。

感動した、泣いた、エンドロールに涙が止まらなかった。映画に寄せられた声。

切ない恋のあと一人残された主人公がもう一度歩き出し、失ってしまった彼女とともに過ごしたことで開花した才能を世に示す。彼女のことを胸に、主人公は生きていく。

そんな筋書きはきっと、エモいと言われるのだろう。そして秋都が今後活動を続けていけば、あの映画も、エンドロールも、楓も、風化しにくくなる。幻想のなかの楓という存在が、延命できる。少なくとも牡丹はそう考えている。

もちろん秋都が成功していくとは限らないが、牡丹はそれを分かったうえでなおわずかな可能性のためだけにバカげているとしか思えないこの提案をしているのだ。

そこまでする牡丹に対して、恐怖を覚えそうになる。きっと、多くの人には彼女の執念と行動は理解できないものだろう、とも思う。だけど。

「……僕は……」

秋都の目に映る牡丹は真剣だった。哀しいほどに真剣で、痛々しいほどに必死だった。もともと持っていたプロデューサーとしての立場、娘を亡くしたという事実、娘の願いを聞き届けるために映像化した映画が大ヒット作品となったという経験。きっとそのすべてが、牡丹のなかの何かを壊し、そして動かしている。事情をまったく知らない誰かがみればおかしくみえたとしても。誰かの目には死んだ娘すら利用する冷徹な人間のようにみえたとしても。

秋都の背中を汗が伝った。膝が震えて、床が遠くに感じられる。楓の望んだこと、死にたいと思っていた自分、胡桃沢と映像作品を作ったときに感じた痺れのようななにか、そして。

生きる意味。

生きて、楓にそう言い残された秋都が探し求めていたもの。

「鈴木さんが戸惑う気持ちはわかります。……私自身、自分がしていることがどこかおかしいということくらい、承知しています」

牡丹はそう言って、一瞬だけ目を伏せた。

「ですから、もちろん断っていただいても結構です」

「……少し、考えさせてください」

秋都はそう言って頭を下げた。口内に酸味のある唾液が広がり、それを飲み込む。

話をその場で断らず預かったのは、成長の証だと結論付けた。

生きることに前向きになっていく過程で発生したと思われる成長痛は、無視した。

＊

牡丹と話したあとは東京タワーに向かった。電車の遅延もあったことから待ち合わせ場所を当初予定していたカフェから変更してほしいと胡桃沢に連絡したのが一時間前となる。東京タワーが映る場所で撮影をしたかったので、移動の手間を省く形だ。

秋都にしては、忙しい一日。だが、待ち合わせの相手はもっと忙しいのだろう。さきほど、五分くらい遅れるとメッセージをしたところ、スタンプによる怒りの返信があった。このクソ忙しい千歳ちゃんが貴重な時間をさいているというのに先輩はなんですか、それに待ち合わせ場所的にちょっと微妙です。とのことである。

急いでくださいよ、今朝事務所から連絡があった件でお話しもあります。先輩にも関係がある話です。との連絡も追加であった。

駅を出た秋都は、待ち合わせ場所に急ぐ。とはいえ、ｉＰｈｏｎｅだけ持っていればよかった以前とは異なり、カメラが重くて走るのは難しい。撮影プランをイメージしつつ、早歩きで向かう。とっくに日は落ちて、夜が降りてきていた。

東京タワー正面入り口が視界に入った。入口近くの壁にもたれるように立っている人影が数人。そのうちの一人が胡桃沢だった。

冬の夜だというのに、キャスケットを目深に被っている。オーバーサイズ気味なニットワンピースとあわせて、おそらく変装の一種なのだろう。ここは思ったより人が多い。今となっては、胡桃沢のことを知っている人はそこら中にいる。秋都は小声で声をかけても聞こえるように近づこうとした。しかし。

「……あ」

足を止める。胡桃沢が通行人の女性二人連れに声をかけられたからだ。彼女たちは、わざわざキャスケットに隠された顔を覗き込んで確認したうえで胡桃沢に話しかけていた。

ここからでは詳細までは聞こえないが、嬌声があがっているのもわかる。胡桃沢は、にこやかにそれに応えていた。スマートフォンのカメラを向けられても、なお笑顔のままだ。

「誰？　有名な人？」

「あれだよ、ちーちゃんねるの」

「なんかの撮影？」

そんな声が、秋都の周囲からも上がった。胡桃沢の周囲に人だかりができていく。皆が胡桃沢を知っているわけではないのだろうが、そこに有名人の人気者がいるということは伝わったのだろう。そして、その有名人は人当たりがいい。

東京のシンボルであり、観光地でもある東京タワー。その麓（ふもと）には多くの人間がいた。林立する樹木のような彼らは、一斉にスマートフォンを取り出す。中には、直接胡桃沢に話しかける者もいる。

しまった、と思った。胡桃沢がこの待ち合わせ場所を微妙、と言ったのはそうした意味だったのだと遅れて気が付く。まさか、これほどの状態になっているとは思ってもいなかった。顔を出して活動をしている者が持つ影響力をちゃんと見積もっていなかった。

この状況では迂闊（うかつ）に胡桃沢に話しかけることはできそうもない。自分のような人間と親しく話して妙な誤解をうけることは彼女にとって望ましくないだろう。まして、撮影など無理だ。

「……あー……」

遠巻きに胡桃沢に視線を向ける。彼女のほうは秋都にまだ気が付いていないようだった。ただ秋都が間もなくやってくるのはわかっていることもあってか、愛想を振りまきながらその場を離脱しようとしているようだった。ただ、それはあまり上手（うま）くいっていない。場所が悪すぎた。普段の胡桃沢なら避けているであろうシチュエーションなのかもしれない。

「ファンなんです！」

そんな声も聞こえた。胡桃沢は握手で応えていた。

どうしたものか、と考える。胡桃沢のことだから、ああして人に囲まれてチヤホヤされること自体は嫌いではなさそうだ。それは人気者であり愛されていることの証だと言っていた。なら。

秋都はひとまずこの場から立ち去ることにした。状況を見て移動した旨のメッセージを送っておけばいい。今ここに自分がいてもできることはなにもない。そう判断した。一応近くを通り、周囲に悟られないように目で合図をするくらいはしよう。秋都は人だかりに近づき、胡桃沢のほうに視線を向ける。そこで初めて気が付くことがあった。

胡桃沢の様子がおかしい。顔色が悪いし、貼り付けたような笑顔にも違和感がある。秋都と一緒にいたときの気を抜いているような様子とも、学内で友人たちに囲まれているときに目にした軽やかな甘さもない。ここしばらくSNSやWEB CMで目にしていた、どこか歪な様子。この寒いのに、汗をかいている。街中でファンに囲まれる状況が迷惑なこともあるということくらいはわかるが、それにしても妙だ。

「あっ……」

胡桃沢と目があった。

「すみません、私これから仕事なので……すみません、すみません。通してください。あ、はいフォローありがとうございます。これからもよろしくお願いします。じゃあ私は、すみません。もう行かないと……」

立ち尽くしたままだった秋都のほうへ、胡桃沢がやってくる。彼女は人垣にお辞儀をし、笑顔で手をふり、その囲いから離れようとしていた。一瞬遅れて、秋都はバッグから機材を取り出す。少なくともこうしていれば、仕事関係の人間に見える可能性があがるし、そもそもそれは嘘ではない。

「先輩。行きましょう」

「あ、ああ。でも、胡桃沢、大丈……」

秋都のほうまでたどり着いた胡桃沢は、秋都の言葉を聞かずに歩き出した。駆け出す一歩手前の速足。それは、逃げているときの動きだと直感させるものだった。

仕方がないので、秋都は彼女のあとを追った。歩いて、歩いて、歩いて、胡桃沢がやっと足を止めたのは雑居ビルに挟まれた路地だった。薄暗くて、ゴミ箱も転がっていて、空気も悪い。だから誰もいない。誰も見ようともしない狭間だ。

「……ふう」

胡桃沢は胸に手を当てて、大きく息を吐いた。やっと呼吸ができる、そう言わんばかりのしぐさだった。

「大丈夫か？」

「お騒がせしました。ここならもう大丈夫そうですね。いやー、まさかあんなに注目されるとは、人気者っていうのも大変ですよねー」

そう言って笑う胡桃沢だが、やはり顔色が悪い。呼吸も乱れている。なにより、さきほどからずっと同じ笑顔を顔に貼り付けている。人垣を抜けたときも、ここまで歩いてくる途中も、今も。それは、異常だ。

「……いや、そうじゃなくて。なんか顔色悪いぞ」

「そう、ですかね？　あはは」

「別になにも面白くないし、笑わなくていいぞ」

秋都が指摘すると、胡桃沢は自身の頬に触れた。ああ、と息を漏らし、それから表情筋の硬直が解ける。

「やっぱり疲れてるんじゃないのか？　タクシー呼ぶから、今日はもう帰って休んだほうが……」

「嫌です」

縋るような拒否。胡桃沢はまるで子どものように頑（かたく）なだった。

「けど、もうさっきの場所で撮影するのは無理だろうし」

「……ちょっと確認してみますから」

胡桃沢はそう言うとスマートフォンを取り出して操作した。おそらくはSNSで『#東京タワー』とか『#胡桃沢千歳』というタグで検索をかけているのだろう。さっきの場所が落ち着いたかどうか、あの場にいた人たちがいなくなったかどうか調べている。

「……う」

画面を観ていた胡桃沢が、急にスマホを手から落とした。手で口元を押えて、よろよろと歩く、そして。

胡桃沢は吐いた。

苦しげな息を漏らし、涙を浮かべて。腹を押えて、何度も。

「おい……！」

慌てて駆け寄ろうとするが、胡桃沢はそれを制するように手をあげた。

「だ、だいじょうぶです。だいじょうぶです。すぐに収まります……から」

吐瀉物が排水溝にぶちまけられていく。彼女が被っていたキャスケットは落ちて、ショートブーツのつま先が汚れる。秋都はそれを呆然とみていた。

胡桃沢が落としたスマホから音が聞こえてくる。目を向けるとそこには、動画が再生されていた。さきほどの通行人の誰かが胡桃沢の姿をSNSにあげたのだろう。

秋都はスマートフォンを拾い上げた。『#リアルで遭遇した胡桃沢千歳が神』『#ファン対応完璧（かんぺき）で推せる』そんなハッシュタグと、肯定的なコメントの群れ。それにふさわしいとされる胡桃沢の笑顔としぐさ。胡桃沢が作り上げた、胡桃沢の姿。

これを見て、吐いたのだということが秋都にはわかった。似たような経験が、秋都にもあったからだ。胡桃沢が吐き出したものをちらりと見る。固形物がなく液体しかでていない。おそらくロクに食事をしていないのだ。

吐けるものをすべて吐いたのか、胡桃沢が顔をあげた。

「……すみません。お見苦しいところを、やっぱり体調悪かったみたいですね」

にへら、と弱々しく笑う胡桃沢の言葉には力がなかった。彼女の性格を考えれば、自分のこうしたシーンを他人に見せるのは耐えがたいことのはずだ。

「これ」

秋都はそう言ってバッグの中から取り出したタオルを渡した。ついでに、未開封の水のペットボトルも。自分はこういうときに優しい言葉をかけたり、心配そうな顔をすることはできないと知っている。だからただ渡すものを渡すだけだ。

「え」

「拭（ふ）けよ、口とか。服にはついてないみたいだけど」

「や、でも、汚れちゃいますし……」

「いいんだよ。やる。要らないなら使ってから捨ててくれ」

差し出したタオルをいつまでもひっこめない秋都に根負けしたのか、胡桃沢はなにかぶつぶつ言い訳めいたことをいいながら受け取った。口元を拭い、水を一口だけ飲む。

顔色がさきほどよりはよくなった。

「落ち着いたか？」

「……はい」

弱いところをみせてしまった、という自覚のためか胡桃沢はいつもより殊勝な態度だった。

「ここ空気あんまよくないし、どこか休めるところに行くか」

「それはあれですか。ラブホに行こうぜ的な。ちょっと考えさせてください」

「なわけないだろ」

「ですよね。先輩にそんなカイショーは」

殊勝な態度は一瞬だけだった。胡桃沢はやっぱり胡桃沢だ。あんまり性格がよくない、意地悪そうな微笑み。そんな彼女をみて、秋都は少しだけホッとした。貼り付いたような笑顔よりは、ずっとマシだ。

＊

秋都たちが移動したのは、芝公園だった。ライトアップされた東京タワーを望む、夜の並木道。そのベンチの一つに腰かける。ランニングをする人や、他のベンチで語り合っている恋人たちは自分たちのことに夢中で、こちらに注意を払っている様子はなかった。念のため、胡桃沢は深くキャスケットをかぶったうえに眼鏡をして、かつ秋都とは離れて座っている。声が届く、ぎりぎりの範囲だ。

「単刀直入に聞くけど」

「はい」

座ってから数分は黙っていたが、秋都はそう切り出した。胡桃沢相手には、不要な前置きはいらないと思っているし、胡桃沢もおそらくそう思っている。

「もしかして、人気の音楽系インフルエンサーでいるのが辛いのか？」

前々から、そんな節はあると思っていた。彼女は、みんなに好かれる胡桃沢千歳でいるよう努めている。ほぼ常にだ。秋都には想像がつかないが、それは重圧のあるものなのだろう。秋都といるとラクと言っていたのはそういう意味だ。

それに加えて、ここしばらくの動画でみせていた歪な笑顔や、さきほどフォロワーに囲まれた時の様子、そして吐いてしまったこと。過度なストレスによるものであろうことは容易に想像がつく。

「本当に単刀直入ですね……」

秋都の問いかけに、胡桃沢は即答しなかった。黙って、考え込んでいる。

風の音と、ベンチの上にあるライトが発する音が、やけに大きく聞こえた。

秋都は答えをせかすことはしない。

一人の中年男性が、ベンチの前を走っていった。

観光客らしき親子連れが、見上げる構図で東京タワーを写真に撮った。

それからやっと、胡桃沢は答えた。ベンチの背にもたれ、厚い雲で覆われた空を眺めるようにして。

「そうですね。辛いです」

たっぷり間をあけてからの言葉にしては、やけにあっさりとした口調だった。嘘を見抜かれて観念したような、力の抜けた声。

「ま、先輩の前でいい子ちゃんしてもマジ意味ないからもう言っちゃいますけど」

胡桃沢は両手を上げて伸びをした。

「かなり辛いです。事務所が用意した企画で言われたとおりに可愛いやるのも、フォロワーに愛想よくふるまうのも、ライブ配信で楽しそうにしてるのも、好きでもない服をプライベートで着てるものとして雑誌で紹介されるのも、私が作った曲にゲロ甘な歌詞をつけられるのも、コンプラましましなクソしょーもない動画が大好評なのも、あと」

指を折って数えるには指の本数が足りなくなりそうだった。

「具体例はもういいよ」

「そですか」

「そうだよ」

「愛されキャラやるのは大変ですよ」

「ホントは性格悪いもんな」

「マジでそれです」

　秋都は胡桃沢のことを悪いやつだとは思っていない。努力家であり、本質的には純粋で誠実だとも思っている。だけど胡桃沢はおかしそうに笑った。

「本格的に辛くなったのは、仕事が増えたからか？」

「まあそれはそうかもです。辛いことが増えたらそりゃあ、より辛くなるのは当然ですよね。なんかもう、ロケットランチャーとかぶっ放したくなりますよ」

　胡桃沢は架空のロケットランチャーをもつ仕草をして、東京タワーにむけてそれを発射した。架空の世界は大惨事だ。

「じゃあ、なんで今日……」

　俺との撮影を無理してやろうとしたんだ、そう尋ねかけて、やめた。そのくらい想像はつく。

「なんですか？」

「いや、なんでも。……でも、どうするんだ？　あまり健康そうに見えないし、吐くほどってのはヤバいんじゃないのか」

　今頃になって秋都は気が付いた。俺は、胡桃沢のことを心配している。楓に向けたような特別な感情は胡桃沢には持っていないが、それでも。

「別にどうもしませんよ」

　胡桃沢は、秋都には視線を向けずまっすぐに前を向いたままそう口にした。

「辛くてもキツくても、私はこのまま続けます。いえ、もっともっと、頑張ります。大丈夫ですよ、そのうち慣れるでしょうし」

　断固たる言い方だった。ひたむきな横顔からはある種の狂気すら感じる。

　何が胡桃沢をそこまで駆り立てているのか。秋都は反射的に考えてしまった。

「先輩が何考えてるかあてましょうか」

　胡桃沢は秋都のほうにくるりと顔を向けた。ベンチに腰かけた足をぶらぶらさせながら続ける。

「『ああ、こいつは親に捨てられて施設で暮らしたという幼少期のトラウマから、愛されることへの強迫観念があるんだろうな』……でしょ」

　ぎくり、とした。だが、胡桃沢がここまで自分をさらけ出しているのだから、と思いなおす。胡桃沢は友達じゃない、恋人でもない。仲がいいわけでもない。だけど秋都のことをある意味で信用している。それなら。

「ああ、よくわかったな。大体そんな感じだ」

「やっぱり。でも私は自分ではよくわからないんですよ。たしかに親に捨てられたのはちょっと思い出したくないくらいショックでしたし、学校でもひどいイジメを受けたことはあります。それに実際私はちょっと異常なところあると思います。でもそれが何に起因してるかなんて断定しようがないです」

胡桃沢の言いたいことはわかる。本当は、ああだからこう、なんて簡単に言い切れるものではないのだ。

「ただたしかなのは、今の私がみんなに好かれる存在でありたいと強く思っているってことだけです。愛されて、賞賛されたいです。それがなくなるのが、怖いです」

胡桃沢は淡々と、切々と口にした。今まで彼女から聞いたどの言葉よりも、それは自然なものに聞こえた。

今度は秋都のほうが胡桃沢から視線をそらした。雲の切れ間に見える月をみて、東京タワーのイルミネーションよりもそれが暗いことをあらためて確認して、それからただこう口にする。

「ああ、そうだよな」

考えてみれば、秋都も似たようなものだ。方向性は違っても、等しく異常。秋都は何をしていてもあまり楽しいと思えず、色々なことをイヤだと感じる気持ちは強い。心がプラスの方向に動かない。だから生きていたくない。それが何に起因しているることなのかはわからない。異常なのはわかっているが、実際にそうなのだから仕方がない。

「だから私はこれからも頑張って続けます。先輩は私と会うときはタオルを多めに持ち歩いたりしてくださいね」

胡桃沢は最後にそう言っておどけて見せた。秋都はそれに応えて笑って見せることすらできないので、ただ頷く。そして考える。

愛される存在でありたい、多くの人々に好かれていたい。それが叶うことで生きていると感じる。胡桃沢のそんな気持ちは真剣なものだ。

自己顕示欲、承認欲求、希死念慮、自殺願望。強すぎるそれを持つことはよくないとされるのかもしれないが、現に持っていて、その上で生きていかなければならないから。

異常な人間が生きていくということは、苦しみを伴うということ。胡桃沢をみて、それがわかった。いや、胡桃沢はまだマシだ。少なくともどうすればいいのかわかっている。どうすれば生きる意味を感じられるか、ということを。秋都はまだそれすらも明白ではない。ただ、この先にそれがあるのかもしれないと信じて向かっているだけだ。

秋都は、決めた。それは色々な気づきを与えてくれた胡桃沢に協力するためということもある、だがそれよりも自分自身のために。楓の遺言を叶えるために。

異常な人間が、ちゃんと生きるために。価値を得るために。

「そういえば胡桃沢、俺にも関係がある件で事務所から連絡来たって言ってたよな。俺も当ててやろうか、それ」

「え？　ああ、そういえば」

「メジャーデビュー曲のMVの監督を、俺にするって話だろ」

胡桃沢は目を丸くして、しかしすぐにつまらなさそうに唇を尖らせた。

「なんだ。先輩のほうにも話きてたんですね。あれ？　でもまだ決まったわけじゃないってことでしたけど」

ベンチから立ち上がり、後ろ手を組んだ胡桃沢が秋都の前に立った。その後ろには、きらびやかな東京タワーが見える。なのに胡桃沢が力の抜けた表情をしているのがどこかおかしかった。

決まったわけじゃない、というのは秋都の意志確認が終わっていなかったからなのだろう。牡丹によるプロデュースの打診を受けてなお、回答を保留していたくらいなのだから。だが、決めた。

秋都はベンチから立ち上がった。照明からの光が落とす自身の影をみつめながら、告げる。

「撮るよ、俺が」

胡桃沢が、みんなに愛され賞賛されるための映像を。

「予算もスタッフも機材も使って、バズるやつを」

俺が、映像作家としての道を進むことで生きる意味を感じるために。

「先輩。……ちょっとカッコつけてます？」

胡桃沢は小生意気かつ意地悪な表情を浮かべ、秋都をからかった。しかしどこか嬉しそうだ。彼女が素で喜んでいるときは、こういう顔になる。

ただ、秋都は少しも格好のいいことを言っているつもりはない。わかっているからだ。

胡桃沢のデビュー曲のＭＶのクレジットには、たしかにＡＫＩという名が表記されるのだろう。だが、その内容はおそらく秋都がコントロールできるものではない。

牡丹はＭＶを映像コンテストに出展すると言っていた。さらにサポートするから確実に賞がとれる、とも。

多額の資金や人が動き、マーケティングを計算されつくして作られるそれは、もはや秋都が撮った映像とは呼べないものになる。しかし表向きには、才能ある若者によるＷＥＢ発のコンテンツとして発表される。さらに、ＡＫＩが『主人公だった鈴木秋都』であることも。

胡桃沢のデビュー曲は話題になり映像作家としてのＡＫＩは一歩進む。

「まあでも、曲も推しの『クソニガチョコレート』に決まりましたし、先輩が撮ってくれるならイイカンジになりそうです。そこはちょっとは嬉しいです。ちょっとですよ、ちょっと」

鼻歌を歌ってその場でくるりと回る胡桃沢もいつかそれに気が付くだろう。そしてやはり酷い気持ちになるのかもしれない。今の秋都と同じように、だ。しかし胡桃沢はそれでも歩みを止めない。もう引き返せない共犯者のようなものだ。

だけどきっと、それでいい。それを受け入れて、進んでいくんだ。

そうだろ？

心の中で、秋都は楓に問いかけた。

だが、空想しただけの死人は、当然何も答えはしない。

〈セツナイ恋の物語――本当の話――シーン6〉

　一度倒れたあと、楓の体調はみるみる悪化していった。外出するのが難しい日が増え、高校は休みがちになり、入院することもあった。なにより、見ればわかった。肌質が変わっていき、帽子をかぶるようになり、化粧の仕方が変わり、いつも長袖になった。

　化粧の下の顔、長袖の下にある骸骨のような手首。出会ったころの楓はもういない。詳しい事情を知らない同級生は、変わっていく楓の姿を心配していた。不気味だと言う人もいた。そして、誰よりも本人がそのことを苦しんでいた。最近鏡をみるのがイヤなんだよ、そう呟いてしまい、すぐにそれを後悔した楓の表情が忘れられない。

　色々なところへ行って映像を撮ろう、という約束は数えるほどしか実行できていない。病院の庭で撮ったり病室で本を読む楓を撮ったり、そうした画が増えていった。それでも秋都は楓が輝いていると感じた時間をカメラに収め続けた。彼女を綺麗だと思った。儚く病的な美しさに対してではなく、溌剌とした明るさを、綺麗だと思った。

ただ、楓としては決まった場所での撮影に物足りなさを感じていたらしい。だから、その日は機嫌がよかった。

「あのね、今週末、久しぶりに外出の許可がでたんだ！」

病室のベッドで上体だけを起こした楓は、見舞いを兼ねた撮影に来ていた秋都にそうはしゃいで見せた。めっきり病衣が似合うようになった彼女だから、相当嬉しいらしい。

「へえ、良かったな」

秋都は意外に思った。今目の前にいる彼女は、以前外出を禁止されたときの彼女より健康そうには見えない。

そして正直にいえば、恐怖も感じた。牡丹から聞いていたのだ。もしかしたら、次の外出が最後になるかもしれない、と。

ただ、そんなことを彼女に言うわけがないし、表情にだすわけにはいかない。生来の無表情と無感動も、悪いことばかりではなかった。

「うん！　どこいこうか？」

楓にとって、そうした機会があれば秋都と過ごすのはもはや確定事項らしい。秋都にも異はない。けっして口にはしないが、それがどれだけ貴重な機会かということくらいわかっている。

「そうだな……。といっても、あんまり遠出するのもな。あー……」

なにか考えておくべきだった。候補地に迷った秋都はそんなことを思ったが、楓は秋都の言葉を待たなかった。どうやら、彼女には希望があったらしい。

「花火大会はどうかな？　ちょうど週末にあるんだよ」

楓の瞳（ひとみ）がこんなに輝いているのを見るのは久しぶりだ。きっと、この病室に秋都が来る何時間も前から色々考えて、みつけたのだろう。

「花火大会？　いや、人も多そうだし、体力的に……」

「大丈夫大丈夫。私、穴場スポット知ってるんだよね。よく見えるし、あんまり混んでないし！　あ、露店とかは近くないけど……、タコヤキくらいなら私が作って持っていくし！　あと、えっと」

　ムキになってまくしたてる楓は子どものようだった。どうしても行きたいのだという気持ちが伝わってくる。それに、花火と聞いた時点で秋都にも思うところがあった。

「わかった。いいよ、お母さんとかお医者さんがＯＫなら俺はそれでいい」

「やったー！　私、浴衣（ゆかた）とか着ようかな！　こう、花火がどーん、なところをバックに撮ってよ。きっとすごく綺麗だから」

　楓は両腕をあげてバンザイのポーズをとった。病衣からのぞく腕は細いが、それでも力強さを感じる。ああ、これならきっと大丈夫だ。

「楽しみ！　秋都も楽しみ？」

「ああ、たしかにいい画が撮れそうだし」

「だよね！」

　楓の言う通り、綺麗だろうなと思う。花火は、楓に似合っている。華やかで、力強くて、明るく輝き、触れると熱い。そしてそのあり方は、見る者を魅了する。花火という概念が人の形になるのなら、きっとそれは楓の姿になる。そんな風にさえ感じる。

　構図のイメージが浮かんできた。でもきっと、実際に撮ったものはイメージを超える。そんな確信があった。それくらい、花火と楓は絵になる。いや、映像になる、という表現になるのだろうか。

「どういう風に撮るか考えとくし、下見もしたいから場所教えて」

　秋都のそんな問いかけに楓は詳細に答えた。そんなところから花火が見えるとは思えない場所だったが、だからこそ穴場なのだろう。

　週末の予定を語り合って、最近起きた出来事を話して、秋都が持ってきたシュークリームを食べて、食べる楓を撮って。そうしていると時間はあっという間だ。楓はずっと楽しそうに笑っていて、だから秋都もずいぶん長居してしまった。

「っと。そろそろ俺行くわ」

「うん。今日もありがと。ばいばい」

　何度も交わしたそんなやりとり。だけど今回はそれに続きがあった。

「待って」

病室のドアに手をかけた秋都を楓が呼び止めた。焦燥や緊張を感じさせるその声に、秋都は足を止めて振り返る。楓はベッドのシーツをきゅっと握っていた。

「なに？」

「うん。あのさ、一応確認なんだけどさ」

楓は言葉を止めた。よほど言いにくいことなのか、目をそらしたり、息を吐いたり。それからやっと続ける。

「秋都って、私のこと好き？」

消え入りそうなボリュームでの問いかけ。それをしたあとの楓は俯き、目をきゅっと閉じていた。その顔に浮かぶ色は病室にさした夕焼けによるものだけではなかったのだろうと思う。

秋都は短く答えた。

「ああ」

本当は、楓に伝えるかどうか迷っていたことだ。

みんなに忘れられたくないと叫んでいた彼女だから、伝えることが少しでも救いになるのかもしれないと思っていた。しかし、死んでしまうことを考えれば秋都の気持ちを伝えることは負担になってしまうかもしれないとも思っていた。

だから迷っていた。だが、本人に尋ねられたのだから、嘘をつく必要はない。嘘を、つきたくなかった。

楓は秋都の答えを聞いて顔を上げた。照れくさそうに目を細め、頰を搔いている。

「あはは……びっくりした。あっさりすぎるよ。も少しこう、ロマンティックというか情熱的なセリフとかあってもいいんだよ」

「そういうのは俺に求めないでほしい。でも多分、人生で一番好きになったと思うし、世界で一番好きだと思う」

秋都がそう言うと、楓はまた俯いた。それどころかシーツを頭まで被った。シーツのなかの塊からとても小さな、震えた声が聞こえてきた。

「じゅ、十分です」

「そうですか」

短いやり取り。これが普通の高校生なら、じゃあ付き合おうとかそういう話になるのだろうが、秋都と楓はそうはしなかった。意味がないからだ。

二人の関係性は今までと何も変わらない。ただ、あらためて確認しただけのことだ。きっと楓もそう思っている。

そういえば、女の子に告白するなんて初めてのことだ。そもそも好きな人ができたこと自体が初めてで、それは秋都にとって奇跡的なことだった。もう二度と抱かないであろう大切な感情だ。だからだろうか、照れることも、誤魔化すこともなくただ正直に言えた。

「……じゃあですね」

「なんで敬語」

「……じゃあ、さ。そんな秋都にお願いがある」

楓はシーツのお化けでいることをやめて、上体をおこした。

「なに」

秋都もドアから離れてお見舞い用の椅子に座る。目線の高さがあう。夕日はもう落ちる直前で、窓辺から差す光は茜色から濃紺へと変わっていく。

楓の瞳はまっすぐに秋都をとらえた。その瞳は哀しいほどに澄んでいて、それでいて決意を感じさせる強い光があった。


このとき、楓が祈るように口にした言葉。それは、秋都の未来を変えるものだった。

「私はもうすぐ死んじゃうけどさ」

すでに決めていたことを覆し、生涯にわたってけっして忘れることのできない言葉。

「秋都は、生きて」

秋都は、硬直してしまった。なぜわかった？　なぜそんなことを言う？　思ったのはそんな疑問。

楓の望みをできる限り叶えたあと一緒に死ぬと決めていた。もともと生きていたくなかった自分に、一度希望をみせたあとに丁寧に叩きつけられた絶望。この理不尽で苦しい世界。楓の映像だけを残して、楓を忘れてしまう前にここから去る。そう決めていたのに。

「……それ、は」

「私、気づいてたよ。秋都がずっと死にたがってるんだろうなって。だって、初めてあったとき飛び降り自殺しようとしてたでしょ。ほら、学校の屋上で」

「……気づいてたのか」

「うん。それに、一緒に出掛けるようになってから確信した。秋都、一度も笑わないんだもん。こんな人いるんだ、って、びっくりした」

どうしようもなく物騒で救いようがない話。楓は、それを大切な思い出を語るように口にしていく。

「正直に言うね。私、秋都が死にたがってるんだとわかって、だから声をかけた。それで、できれば私のこと好きになってほしいなって思った」

心臓の音がうるさい。楓の声が、聴きづらい。口の中が乾いていく、水が飲みたい。

楓の言っていることが、わからない。

「……意味がわからない」

「だよね、ごめん。あ、でも秋都に私を撮ってもらいたいと思ったのは本当だよ。秋都が素敵な目を持ってる男の子だったのは嬉しい誤算だった。運命みたいだなって感じた」

「いや待って。本当に意味が分からない。もっとちゃんと話して」

秋都にしては珍しく、感情的に話していたと思う。だが、楓はゆっくりと首を振った。

「ううん。言えないよ。恥ずかしくて、最低で。だから、今度手紙に書くね。あ、ビデオメッセージでもいいかも」

私も秋都みたいに撮れるかな、楓はそう言って微笑んだ。

「えっと、それはともかく。私が死んだら死ぬつもりだったでしょ。ダメだよ。生きて」

秋都は答えられないでいた。楓に嘘はつきたくないからだ。そして、死ぬという結論も変えたくなかった。一緒に、いなくなりたかった。

「約束して」

楓の目は潤んでいた。それが粒になってあふれ出すのをなんとかこらえて、彼女は小指を差し出した。

「もうすぐ死んじゃう私からの、最後のお願い」

それは卑怯だろ。そう思う。だが楓は差し出した小指をいつまでも下げない。

この願いは絶対に譲れない。彼女のそんな想いが、痛いほどに伝わってくる。

長い沈黙。夕日はもう完全に落ちて、代わりに月が見えた。

「わかった。約束、する」

生きる意味を持たない秋都が簡単に応じられる約束ではなかった。何故楓がそんなことを言うのかわからなかった。

だが、ひとまず今は応じなければ楓はけっして納得しないだろうということだけはわかった。

面会時間が終わってしまったので、秋都は改めて別れをつげて病室を出た。

次に会うのは花火大会の日だ。楓は手紙なりビデオメッセージなりでその真意を伝えてくれると言っていたし、それをみてまた話そうと思った。なにか思い違いがあるのかもしれないし、ちゃんと話せば秋都の気持ちもわかってくれるかもしれない。

週末には花火を見て、楽しそうにしている楓を撮って、それからちゃんと話そう。

秋都は帰りのバスでそんなことを考えた。

だが、それは無駄だった。花火大会は結局行かなかったからだ。

秋都が楓の病室を見舞ったのは火曜日で、花火大会は土曜日の予定だった。

楓は、木曜日に死んだ。

*

葬儀は、秋都からすれば呆気ないとすら思えた。高校生にとって、同級生の葬儀というのはそういうものだ。

秋都は前日に牡丹から連絡を受けて知っていた楓の死は、高校のホームルームで同級生たちにも伝えられた。教室はざわつき、泣き出す女子生徒もいた。秋都は、そんな様子をぼんやりと眺めていた。

自分の感情がわからなかった。通常の状態ではないことは間違いないが、なんと呼べばいいのかわからない。哀しみ、喪失感、怒り、茫然、絶望。どれも、しっくりこない。

事実を受け入れられていない、というのは違う。わかっている。楓はもういない。二度と目を開けることのない彼女の顔を、昨夜見てきた。まぎれもない現実だと理解している。なのに、まるで別の世界の出来事を物語として聞いただけのようにも思える。

何人かのクラスメートは、同情の目を秋都に向けてきた。どう声をかけたものか、どう接すればいいのかという戸惑いの視線も感じた。秋都と楓はよく一緒に出掛けていたし、校内でもたまに話していたから、二人は付き合っていると誤解されていたらしい。優しく慰めをいうクラスメートもいた。とても良い人だと思うし心底申し訳ないが、どうでもよかった。ただ、お礼は言った。

ホームルームでは葬儀についても案内があり、多くの同級生が参列した。秋都も、そのなかの一人だった。家族でも恋人でもないのだから、当然だ。

並んで、順番を待ち、焼香をする。終わり。

楓が死んだというのに、涙は流れなかった。その死を聞いた時も、病院に駆けつけて遺体に対面した時も、葬儀の場でも。ただ、体のどこかが軋んでいるような気がした。様々な感情は、遅れてやってくるのかもしれない。まるで、少しずつ踏みつぶされていくように。そんな予感はあった。

楓の母親の牡丹は、憔悴しきった顔をしていた。憔悴、という単語の意味を秋都が本当に理解したのはこのときだったように思う。様々な温かいものが枯れはてた表情、佇まい。牡丹もまた涙を見せなかった。

葬儀のあと、牡丹から声をかけられた。少し話して、牡丹のやろうとしていることを聞いて。秋都は撮りためていた楓の映像を渡すと約束した。

「これを、楓から貴方に」

そう言って牡丹から渡された小箱に入っていたものは、ＵＳＢメモリだった。短い手紙も同封されている。葬儀会場から少し離れた人気のない川辺で、それを読む。

この前言いかけたこと。ビデオレターにしてみたよ。あ、すぐ観ちゃだめだよ。私が死んじゃった後に観てね。秋都がちゃんと前向きに生きていけるようになったときに、観てほしいな。PS　花火、楽しみにしてるね。

細くて流麗な筆跡。その文字に、楓を感じた。手紙に、雫(しずく)がたれた。何滴も、何滴も。

手紙を握りつぶしてしまいそうになるのを必死にこらえた。

慟哭(どうこく)は、抑えきれなかった。

膝(ひざ)をつき、何度も何度も地面を殴った。拳(こぶし)から血が出たが、痛いとは感じなかった。

晴れた空は紺碧(こんぺき)に澄み切っていて、川のせせらぎが光を美しく反射する。

どうせなら、雨が降っていてほしかった。おかしい、なんで晴れている。なんでこんなことになる。楓が死んだのに、なんで世界は当然のように続く。なぜ、あんなに楽しみにしていた花火大会まで待ってくれない。せめて、最後にそれを撮ってやりたかった。残したかった。なぜ、楓が死ななくてはならない。

俺のようなゴミが生きているのに、なぜ、なぜ。

死にたい、生きていたくない。ここから立ち去りたい。これまでもずっと感じていたその感情が、秋都の中を嵐のように吹き荒れた。だが、それはできない。

ひとまずと応じた約束は、永遠の呪いに変わった。


生きて。


その願いは、秋都から死を奪った。

楽しさや喜びを感じる力が弱く辛くて苦しく感じてばかりの異常者の、意味も価値もない命。それを続けていかなければならない。

前向きに生きていけるようになったら観て。そう言われたビデオレター。

「……それはないだろ……」

文字通りの意味で、死ぬまで観られそうもない。


それから三年後。楓の死を描いた映画は公開された。

打ち上げ花火が咲く夜空を背景に『鈴木秋都』に抱きしめられながらこの世を去る『一ノ瀬楓』の姿は日本中の感動を呼んだ。

〈セツナイ恋の物語――本当の話――了〉

3

　牡丹に返事を送ったあとの秋都の生活は、さらに加速した。そうとしか表現できないものだった。それまでもやっていたWEBやSNS上での映像作品制作に加えて、様々な企画への参加、それに伴うスキル習得のための学習。ドラマや映画撮影の現場にも呼ばれ、一部のカットやシーンを担当することもあった。それによって経験を積み、作品クレジットに名前をのせることで『経験を積んだ』という事実を示す。誰かが指示した通りにカメラを回して編集して公開して、秋都自身にはもはやよくわからないそれが、よくわからない誰かに評価される。

　当然、それらはすべて牡丹の根回しによるものだ。まるで、飛ぶように流れていく日々。それについていくために何も考えずに走るが、ふとした拍子に自身を顧みて虚無感や嫌悪(けんお)を覚える。そしてそれを振り切るために走り出す。相変わらず楽しいことはない。意味はまだ感じられない。でもこの先にはそれがあるのだと信じて。

　冬が終わり、ついにその日がきた。胡桃沢のメジャーデビュー曲のPVの撮影の開始だ。最初に撮るシーンは河川敷沿いに咲く満開の桜の下。胡桃沢と出会って一年が過ぎていた。
「おひさしぶりです、先輩！」
現場に到着し機材の準備をしていた秋都に元気な声をかけてきたのは胡桃沢だった。
ガーリーな白いドレスを纏(まと)い、メイクもすませたうえで『監督』に挨拶(あいさつ)にきた、という
ことらしい。花びら舞う桜を背景に風になびく髪を押さえる胡桃沢の姿は、最後に会っ
た数か月前よりもずいぶん洗練されていた。手首に巻いている白いハンカチも、わざと
らしく可憐(かれん)だ。
「ああ、ひさしぶり」
そう答えつつ、秋都は胡桃沢の顔色を窺(うかが)った。機嫌を気にしたという意味ではなく、
文字通り胡桃沢の顔色をみた。健康状態が悪化していないか、精神的にさらに追い詰め
られていないか、そういったことを確認するためだ。
なにしろ、このMVは胡桃沢にとっては本意とはかけはなれたものになるであろうこ
とは明白だったからだ。胡桃沢は通行人に撮影された自分の笑顔を見て吐いていた。そ
んな彼女は、このMV及びデビュー曲についての重大な『変更』をどう考えているのだ
ろう。
「どうかしました？」
「なにが？」

「私の顔じっと見てるから。……もしかして、なんか私イメージと違いましたかね？　頑張りますので、よろしくお願いします！」

胡桃沢は殊勝で健気（けなげ）な表情を作り、そんなことを言った。

胡桃沢らしくない。一瞬そう感じたが、理解する。今この場には秋都以外にもスタッフが大勢いる。ならば、むしろ胡桃沢らしい態度だ。内心どうなのかはわからないが、少なくともそう演じることはできる状態なのだろう。

たいしたものだ。秋都は感心した。同時に、少しの虚（むな）しさを覚える。

「みなさんも、よろしくお願いします！」

胡桃沢は秋都のそばを離れると、現場のスタッフたち一人一人に向けてハキハキと頭を下げていく。そのあとは用意されていたパイプ椅子に座り、今日の脚本を確認しはじめた。同時に、ある事情から胡桃沢ではない歌手の声で仮録音されたデビュー曲をイヤフォンで聞いている。とても熱心な様子に見えた。

WEBの世界では知られたインフルエンサーであっても、音楽のメジャーシーンにおいては新人。ならばフレッシュに礼儀正しく真面目（まじめ）に好感度高く。胡桃沢の考えそうなことだ。

胡桃沢がそうしている間、秋都は黙々と機材の準備を進めていく。脳内では、今日の撮影プランをおさらいすることも忘れない。

桜の木の下、可憐な胡桃沢を撮る。MV全体には回想として恋愛ドラマ的なストーリー性を持たせつつ、歌唱パートを挟んでいく。基本はこれだ。おそらく万人受けしやすくわかりやすく、『エモい』映像になるはずだ。

そんな映像をあてられる胡桃沢のデビュー曲は『チョコレートエフェクト』というタイトルに変わった。歌詞も、曲調も、なにもかもが原曲であるクソ苦い歌とは違う。

「……ふう」

俺はこれで行くことに決めた。自身の監督作品として、これを世に出す。これまでと同じように、これまでよりも大きな規模で。

美術、照明、音響、衣装、メイク、CG制作。すべてを一人でやっていたころとは違い、それぞれにスタッフがいる。贅沢(ぜいたく)でありながら、贅沢にはみえない。センスあるアマチュアが作った風なプロの作品ができる。

カメラを調整する手が重くなった。プランにあった構図を探して歩く足元は泥濘(ぬかるみ)のようだ。だが、これで行く。これが完成してそれが世に出たら、俺はあのUSBに収められたメッセージをついに見ることができるだろう。

それはもう決めたことだ。だが、それでもなお、心のどこかに引っかかるものがある。

このMVは、本当にこれでいいのか？

「せんぱい」

ちょうど秋都の作業が終わったタイミングで、いやそれを待っていたのであろう胡桃沢が再び声をかけてきた。秋都はしゃがんで作業をしていたため、見上げるようにして彼女のほうを振り返る。

「……どうした？」

陽を背にした胡桃沢の表情はさきほどとは微妙に変わっていた。おそらく秋都以外にはわからないほどわずかな変化、だがたしかな違い。そこにあるのは、困惑の色だった。

「……このMVの監督って先輩なんですよね？」

胡桃沢の手には脚本が握りしめられている。込められた握力のため、脚本はわずかに歪んでいた。

「ああ。そういうことになってる」

「そう、ですよね。今、脚本読んで、なんていうか、ちょっとビックリしちゃって……。あはは。えっと、『クソニガチョコレート』の歌詞とか曲調とか……タイトルも変わることになったみたいなんですけど。それにあわせた感じですか？」

胡桃沢の声は明るい。ただ、どうしようもなく乾いているように聞こえる。後ろ手を組みこちらに向ける表情は笑顔だが、それは秋都には見覚えのない彼女の表情だった。

二人でいて、秋都をからかったときに見せる意地悪そうなもの、秋都のカメラに映った愁いのあるもの、人気インフルエンサーとなったあとの映像や人垣に囲まれたときにみせたもの、そのどれとも違う。

胡桃沢は桜の木を背に立っており、その周囲には花びらが舞っていた。だが軽やかなはずのそれが、不気味に見える。周囲を行きかうスタッフたちとは別の世界に浮いているようにみえる。

今の胡桃沢の発言に、秋都は衝撃を受けていた。

嘘(うそ)だろ、まさか。

「もしかして、今初めて脚本内容知ったのか？　歌詞やタイトルが変わる件は、了承済みなんじゃないのか？」

胡桃沢は瞳が見えなくなるほどに目を細めた笑顔のままで答えた。

「どっちも今初めて知りました」

愕然(がくぜん)としてしまう。たしかに、MVの撮影プランが出来上がったタイミングはギリギリだった。歌詞やタイトルの変更決定についても同様だ。デビュー曲の音源収録自体は後日となるため、今日は仮歌を使うことになっていた。映像コンテスト、NYフィルムアワードの出展期限、胡桃沢のデビューのタイミング。それらを踏まえ可能な限り早く、という無茶なスケジュール感の結果である。

人気には鮮度というものがあるから、WEB発の胡桃沢の話題性があるうちにという事情から突貫工事のように進めた事情はわかる。そのため一応は監督である秋都が歌詞の変更を聞いたのが先週というのも仕方がない。多くの人間がかかわっている企画だから伝言ゲームに時間がかかることもあるだろう。胡桃沢自身歌を収録するレコーディングスタジオは順番待ちになっているとも聞いた。だが、それにしても。

こんなことが、あるのか。

そう思ってしまう。世の中のイヤなところ、醜さ、秋都がそういうものに触れた際に幾度も感じたあの冷たく不快な手触りが、全身をかけ巡る。

このMVの主役である胡桃沢が、撮影当日までそれを知らないなんてことが。誰かがどこかで情報を遅滞させていたのかそれとも意図的なものなのか、それはわからない。

ただ、この事実が胡桃沢を動揺させないはずがない。

「胡桃沢、大丈夫か？」

「大丈夫ですよ。今日私が歌うわけじゃないですし、歌詞カード覚えて口パクするだけですもんね」

ぞっとするほど滑らかな口調でそう言って頷く胡桃沢。秋都は何も答えられなかった。公園で聞いた『クソニガチョコレート』。あの酷く攻撃的な強い歌詞。だが秋都は激しくも切ないメロディにあっていると感じていたし、胡桃沢も一番好きな曲だと言っていた。

だからあれがデビュー曲に決まったと知ったとき、秋都は誰かもわからないそれを決めた人間に感心したし、きっと胡桃沢も喜んでいた。そして歌詞と曲調の変更の件を聞いたときは少なからず眉(まゆ)をひそめもした。変更になった『チョコレートエフェクト』という意味の分からないタイトルもそうだ。だが黙っていた。

当の胡桃沢が変更を認めたのだから。そう、思っていたのに。

「胡桃沢、俺は……」

そう言いかけて、やめる。俺は、なんだというのだろう。何を言うことができるだろう。

このMVは、秋都が決めたという形になっている。会議室で、過去の売れ筋のデータを踏まえた多くのプロの意見によって作り上げられた脚本と演出。これに秋都は同意した。そうすることでこれはAKIの監督作品となった。そこに秋都の色はなかったが、もともとこれはそういう話だ。

そんな俺が何を言うのか。

「せんぱい？」

「いや、なんでもない。よろしく頼む」

「はい」

目を細くしたままの胡桃沢はそう言って笑った。

秋都が撮ってくれるならいい感じになるかもしれない、そう彼女は言った。

様々な仕事をしていくなかで疲弊し吐くほど追い詰められていたはずの彼女は、あの夜秋都との撮影を楽しみに無理をしてやってきた。

そんな彼女が傷ついていた。

俺が、傷つけた。

それがわかっていながら、秋都は何も言えなかった。言わなかった。

これまで散々見てきた色々な出来事。それを醜いと、哀しいと感じて死にたくなった色々なもの。自分がその一部になった気がした。

これまで散々見てきた色々な映像。綺麗で、白くて、甘くて、泣けるとされるもの。

これから自分が、それを撮る。

「じゃあ、頑張りましょう。先輩」

スタッフの一人の誘導を受け、胡桃沢は撮影開始の地点へと移動した。秋都も、彼女を映すカメラへと向かう。実際にカメラを操作するのは秋都ではなくカメラマンだが、監督としての指示や確認はある。

カメラを挟み、胡桃沢と目があった。

わかってますよ。彼女の瞳はそう言っていた。だって、このほうが受けますもんね。

胡桃沢は、見事なまでに胡桃沢千歳を演じた。

誰にでもわかりやすい共感を与えるために、多くの人が好む方向性を選んで。

深く考えなくても伝わるように、画面映えする素材を集めて流麗に編集して。キャッチーな感動のために、耳触りがよく記憶しやすい音楽を重ねて。

春の暖かい日差し、それを受けてキラキラと輝く河川、河川へと舞い落ちる桜の花びら、そこにたたずみ柔らかく微笑む美少女、彼女が口ずさむ夢と恋の切なさを超えていく美しさを歌うバラード。

撮影はこれから数日行われる予定だ。明日はドラマ部分、胡桃沢がバイトしている風のシーンやそこで男性と出会うシーンなどを撮る。明後日は出会った二人の関係が深まり、しかし互いの夢のために衝突するシーン。そして最終日はそうした過去を振り返り、少し大人になった胡桃沢が同じ場所で歌うシーン。まだ先は長い。だが、今撮っている最初のカットでこのＭＶの完成形が秋都には見えた気がした。なにしろ、このあとはプロのスタッフたちの手によって整えられるのだから。

綺麗で、嫌われなくて、きっとエモくて、多分バズる。

多くの誰かに愛されることが生きる意味だと感じた胡桃沢、自身が撮った映像を伝えていくことが生きる意味に繋がると信じた秋都。きっとこのＭＶは二人のそれを叶えるものになる。

どうしようもなく間違っていて、救いようがないほど馬鹿らしいのに、異常で弱い自分たちは、そうすることでしか生きていけなくて。

秋都は自身の手のひらで強く口元を押さえながら、カメラが映す胡桃沢の姿をみつめていた。

このMVの受賞が確定したときに楓が残したビデオメッセージを見ると決めていた。前向きに生きていけるようになったときに観て、そう言われたメッセージ。自信も確信もないが、それが今の秋都にできるすべてだった。

＊

胡桃沢千歳のMVの撮影は突貫工事でギリギリのスケジュールだったわりには、滞りなく終わった。秋都の仕事も一区切りとなり、目まぐるしい忙しさがやわらぐ。

だが、だからといって何かをする気にはなれなかった。最低限の仕事をこなし、大学に行く、それだけだ。あれから、胡桃沢とは連絡をとっていない。彼女のほうからも来ていない。

NYフィルムアワードへの出展は済んでいる。その結果は今夜発表されることになっていた。そして一週間後には、受賞作品はＷＥＢ上で一般公開され、もしＡＫＩの作品とされたあのＭＶが受賞した場合には二か月もしないうちにそれがＭＶとして採用された胡桃沢のメジャーデビュー曲がリリースされる予定となっている。ＡＫＩがあの映画の主人公だった鈴木秋都であると明かされるのもそのころだ。

秋都にとっては、今夜の受賞発表が区切りだった。少なくともそう思おうとしていた。それで映像作家ＡＫＩとしての役割は一応果たしたことになる。そのあとは牡丹、あるいは胡桃沢とその事務所の問題だ。

「……帰るか……」

映像メディア史の受講を終えた秋都は、さっさと講義棟から出て芸大の門のほうに向かった。別にコンテストの受賞発表にそなえて早めに帰宅、ということではない。今日はこの後の講義が入っておらず相変わらず学内に友人もいないので、講義が終わればいつもと同じように帰るだけだ。おそらく、来年の卒業まで、ずっと。

「あの、すいません」

そんな秋都の背中にかけられたのは聞き覚えのない声だった。

「はい？」

振り返ると、そこには少なくとも知り合いではない女子学生がいた。以前はこういうことはたまにあった。例の映画が大ヒットしたことでその主人公とされる秋都に話しかけてくる人はいた。だがロングランだった上映期間も終わり、最近は少なくなっている。

「……えーっと、なにか……」

秋都はそう尋ねつつ、女子学生の顔を改めて確認した。どこかで見た覚えがある。

「突然すいません。鈴木さんですよね？　千歳ちゃんのお知り合いの。あの、私、千歳ちゃんの友達で水島（みずしま）って言うんですけど……」

ああ、と思いあたる。彼女が胡桃沢といるのを何度か見かけたことがあった。とはいっても、秋都は基本的には学内では胡桃沢との接触は最低限にしていた。だから水島のことも遠くから見ただけで、話したことまではなかった。しかも胡桃沢は友人が多いので、その中の一人の印象は限りなく薄い。

「あー。知り合いっていうほどでもないですけど……。なんでしょうか？」

「最近、千歳ちゃんと会いましたか？」

水島の質問の意図がよくわからなかった。彼女のほうも、秋都を胡桃沢の知り合いだと認識はしているらしいが、ただそれだけなのだろう。胡桃沢のほうも秋都との関係性は基本的には隠していたはずだ。だから水島はたまたま胡桃沢が秋都と話している珍しい現場を見たとか、その程度のはずだ。

「……いや、ここ数週間くらいは会ってはいないです」

秋都はとりあえず素直にそう答えた。

「そうですか……。連絡とかは？」

ますます意味がわからない。連絡は取っていないが、何故そんなことを聞くのだろう。

「いえそれも。どうかしました？」

「……ひょっとして、知らないんですか？」

「なにをですか？」

水島は一瞬だけ答えにくそうにしていたが、ぽつぽつと話し始めた。

胡桃沢は、消えてしまった。らしい。

芸大にも来ておらず、自身のチャンネルの更新も止まっていて、本人のＳＮＳも動いていない。誰が連絡をしても返事がこない。それどころか既読すらつかない。

誰にでも愛想がよく、いつも人に囲まれていた胡桃沢だから、あちこちで噂になっているそうだ。

「それは、いつからですか？」

「正確にはちょっとわからないですけど、もう一か月くらいじゃないかな……」

水島はそれ以上のことを何も知らなかった。というか、だから秋都に話しかけてきたのだろう。秋都のほうも彼女に話せることは何もないため、会話はそれで終わった。

水島と別れ、秋都は帰り道を歩きながら考えた。

不穏な気配がした。胸の奥のほうが、ざわざわと音を立てる。

一か月も姿を見せず音信不通というのは、普通に考えれば異常なことだ。

そういえば、秋都も最近は胡桃沢のチャンネルを確認していなかったが、今見てみるとたしかにしばらく更新されていない。以前に収録したのであろうコラボ動画やCM、あるいは他人のSNSでは変わらず姿を見かけていたため、気にもしていなかった。

ある仮説が浮かぶ。胡桃沢はすでに人気インフルエンサーとしての地位を確立した。メジャーデビューも間もなくだ。だから、以前の人間関係を切った。

だがすぐに否定する。いや、これはおそらく違う。そんな冷たいことをするわけがない、というような人間性の問題ではない。それは胡桃沢にとって損だからだ。誰からも愛される存在でいたい彼女が、わざわざ学内での人気を捨てるとは思えない。それにSNSの更新は彼女のあり方を考えれば絶対に止めるべきではない。

ではこれはもっと事件性のあることなのか。例えば失踪とか誘拐とか、そういった種類のことなのか。

いやそれも考えにくい。たしかに胡桃沢は養護施設育ちの一人暮らしだから、仮に行方不明になったとしても届けが出るのに間が空く可能性はある。だが胡桃沢はすでに多数の仕事を抱えている。そんな彼女が何も言わず消えたのなら警察沙汰になっているはずだしマスコミも騒ぐはずだ。AKIの映像作品がMVとして使用されることを考えても、そうなれば秋都に連絡がこないということは考えられない。

答えがでないまま、秋都は自宅のアパートメントに到着した。

スマートフォンを取り出し、通話アプリを起動。少し迷ったが、秋都は胡桃沢に通話をかけた。コール音が鳴りやまない。だがコール音が鳴るということは、端末は生きているということだ。十数回のコール音を聞いたが、胡桃沢が出ることはなかった。

秋都は通話アプリを終了し、代わりにPCを起動した。胡桃沢にはメールを送っておく。学内の人が連絡が取れないと言っていたことを伝え、SNSの更新がないこともあわせて、大丈夫か？　という趣旨のものだ。

また、今後牡丹と話すときにそれとなく胡桃沢について尋ねることも決めた。大袈裟(おおげさ)かもしれない。単に、忙しすぎて連絡がつかずSNSも更新できていないとか、そういうことなのだろう、多分。

秋都はそう結論づけることにした。

記憶に残る胡桃沢の、痛々しい微笑みからは目をそらした。

いつだったか、胡桃沢のことを今にも透明になって消えてしまいそうだと感じたことがあった。だがそれも意識して忘れた。

「……あと一時間か……」

時計をみて、呟(つぶや)く。コンテストの受賞作の発表は十九時だ。ふと気が付いたが、よくよく考えてみれば、そのタイミングで胡桃沢のほうも何かしらの発信はするはずだ。M

V自体の公開はまだ先だが出展した映像作品が胡桃沢を撮ったものであることはすでに告知している。

　そういえば、牡丹を通して受賞後のロードマップも送られてきていたと思い出す。一度は確認し自分が行う必要があることだけはメモしたが、見返す気になれなくて全体の内容をよく覚えていない。

　ダウンロードファイルから内容を確認した。

　受賞した場合は、発表後一時間以内に胡桃沢が生配信でデビュー曲を歌うことになっている。そのうえで、受賞作のMVの発表は後日と宣伝する予定だ。

　なるほど。と秋都は理解した。それであれば通話に応じないのも自然だ。なにか準備でもしているのだろう。生配信があればすくなくとも無事は確認できる。

　秋都はわずかに安心し、ベッドに倒れこんだ。ただ、時間を待つ。

　機材だらけの薄暗い部屋で、時計の秒針だけが音を立てる。落ち着かない気持ちだ。だが、これは楽しみなことを待っているときのそれではないように思えた。わくわくとか、そわそわとか、そう表現するものとは違う。

　わかっている。今の自分の状態が、同じ道を志す人たちからすれば恵まれていることも、幸運であることも。だが、それでも。

　デニムのままで寝転がったベッドのうえで、ただ天井を見る。ちくたく、ちくたく、ただその音だけを聞く。心によぎるのは、三年前の、いやもう四年前になってしまった楓と過ごした日々のこと。あの映画のこと。胡桃沢と動画を撮ったこと。自分が撮った映像。気が付けば撮らざるをえなかったもの、誰かに求められて撮ったもの。

ちくたく。ちくたく。

気が付けば、賞の発表時間は過ぎていた。時計は十九時四分を指していた。スマートフォンには、いくつかのメッセージが入っている。おそらくは牡丹と、関係者からのものだろう。秋都はのろくさと体を起こしてPCでNYフィルムアワードの結果を確認した。

『桜舞う中で、君と』　作：AKI　大賞受賞

ガッツポーズをとる気にはなれなかった。ああ、そうか、良かった、そういう文章をただ心のなかに打ち込む。

ほぼ確実、そう言われていたのは言葉通りだったらしい。だが、わずかなりとも秋都の技術やセンスが評価されてのことなのだろう、そういう文章をまた心の中に打ち込む。

いずれにせよ、これで前に進む。映像作家AKIは知名度を上げ、胡桃沢の人気はさらに加速する。胡桃沢と二人だけで動画を投稿していたときにわずかに感じたあの熱を、追える。その先に生きる意味がある。俺は弱いから、普通の人が必要とせず考えもしないそれを求めている。そこに手を伸ばそう。それが楓の残した呪いへの答えだ。

秋都はこの部屋に越してからずっとデスクに置きっぱなしにしていた小箱を手に取った。そのなかのUSBを取り出し、PCに挿す。

生きることに前向きになれたら観(み)てね。

胸をはってそうだとは言えない。だけどこれが俺の精いっぱいだ。賞という形にもなった。だから、もういいだろ?

疲れ切った心と、なんとか生きてきた命。ようやく手にしたわずかなもの。

それを抱えて、秋都は再生を開始した。

《えーっと、これでいいのかな? あ、もう映ってる? なんか変な感じ、カメラに向かって一人で喋(しゃべ)ってるの。おーい。聞いてるかなー》

白い壁を背に、手を振る楓が映っていた。何の特徴もない無機質な壁だが、何度となく通った秋都にはわかる。楓が入院していた病室だ。だが楓は病衣を着ていなかった。部分的にギンガムチェックが入った、夏らしいワンピース。この撮影のために、着替えたのだろう。前髪を整え、照れたように笑う楓は、当たり前だがあの頃のままだ。懐かしくて、懐かしすぎて、画面がわずかにぼやけた。

《なんか、照れるね。でも頑張って話すね。秋都みたいに上手く撮れないと思うけど、そこはご了承ください。……あはは》

仰々しくお辞儀をして、それを笑ってごまかす。秋都は、自分がしばらく呼吸をしていなかったことに気づいた。

《さて。秋都がこれを観ているということは……。ううん。やっぱなんでもない。えっと、じゃあまず昨日言いかけたこと。私はね、秋都が死にたがってること、知ってた。屋上で声をかけたとき、秋都は飛び降り自殺しようとしてたよね。私が秋都のそんな姿を見たのは、あれが初めてじゃないんだ。屋上にいる秋都は何度も見かけたし、交差点で行きかう車をじっとみつめてるところなんかも見かけた。

もしかしてこの人、自殺したいと思ってるんじゃないのかな？　そんな風に思ったよ。友達もいないみたいだし、いつも楽しそうじゃないし、笑わないし……。理由はわからないけど、生きているのがつらいんだろうな、って感じた。それであの日、本当にいよいよ、死ぬつもりなんだ、ってわかった。だから声をかけた》

少し、驚いた。たしかに楓の言っていることは事実だが、気づかれているとは思っていなかった。

《秋都の自殺を止める形になっちゃったけど。……本当は一番の目的はそれじゃなかったんだよ。わたしはね。……本当に卑怯で最低なことを言うけど、幻滅しちゃうかもしれないけど……。この人なら、私と一緒に死んでくれるんじゃないかな、って思った》

映像の中の楓は目をぎゅっと閉じて俯き、震えていた。そして、今この瞬間の秋都も。

《あのときはもう余命があんまりないことも宣告されてて、死んじゃうことはわかってた。だから最後に自分の動画をたくさん残しておこうと思ってたのはホントだよ。それを秋都に頼んだのはただの思い付きだけど。それより私は、秋都に一緒に死んでほしいな、って思った。私は私のことをすごく好きになってくれて、私が死んだときにすごく哀しむ人がほしかった。一人で、逝きたくなかった。ごめん》

息をのむ。楓が、そんなことを思っていたなんて、考えもしなかった。冗談だろと言いたくなる。だが、今にも泣きだしそうな声で、肩を揺らしながら、それでも切々と話す楓の姿が、真実なのだと伝えてきた。

胸が痛い。比喩的な意味ではなく、実際に心臓が強い力で握りこまれてしまったような、痛み。

あの夜、秋都が病室のドアの前で聞いてしまった彼女の叫びを思い出す。死ぬことが辛い、苦しい、やりきれない、命の残り時間に対するどうしようもない怒りと哀しみ。

楓は自身の告白を卑怯で最低だと言った。だが、秋都はそうは思わない。

それの何が悪い。生きていたいと、死にたくないと願い、それが叶えられない人間がともに死ぬ相手を欲することの何が悪い。楓を責めるものがいるとするのなら、そいつは死というものに真剣に向き合ったことのない人間だ。しかも楓は、その想いを結局秋都に伝えていない。むしろ逆だ。

秋都は楓に望まれるまでもなく、彼女と一緒に死ぬつもりだった。だがそれを楓が止めたのだ。だが違ったのか、本音はそうではなかったのか。

秋都は固く拳を握った。気が付けばそうしていた。そして思う。

綺麗なままのキッチンには、ほとんど使っていない包丁がある。それを使えば、一分もかからない。

だが、秋都の衝動的な思いは、予想外の形で遮られた。

《あ、ダメダメ！　秋都、ダメだよ！　今、秋都もしかして死のうと思った？　こんな話したら、秋都はホントに死んじゃうかもしれないと思ったから、生きることに前向きになったら観てね、って言ったんだからね。一回おちつこ？　最後までちゃんと観て》

画面の中の楓は、心底慌てたように両手を振り、暗い部屋にいる秋都の行動を制止した。まるで予知能力だ。

《大丈夫かな？　じゃあ続けるね。一緒に死んでほしいっていう気持ちは、正直に言うと今でもあるよ。だけどね、それ以上に今は、秋都に生きていてほしいって思う。それは昨日伝えたよね。嘘じゃないよ、本気でそう思ってる》

秋都は、生きて。ずいぶん遠い『昨日』になってしまったが、秋都はその言葉を思い出さない日は一日もなかった。

《病気になって、もうすぐ死ぬって言われて。私、色々なことを考えた。最後の最後まで楽しんで生きようとか、そんな姿を撮影して残そうとか。秋都はいっぱい付き合ってくれたね。嬉しかった。すごく楽しかった。秋都が撮ってくれた私はいつもキラキラしてて、すごく生きてる！　って感じた。でも。……ううん、だから、哀しかった。あと少しで死んじゃうことが。残りの時間が少なくなってくるとね、ホントに嫌なこともたくさん考えたよ。秋都には言えないような酷いことも》

画面のなかの楓は窓のほうを向いて目をつぶった。きっと、それまでにあった出来事や撮った映像を思い浮かべているのだとわかる。秋都も、同じだった。

《最後に思ったのは、さびしいな、ってこと。私が死んだら、そのうちみんな私がいたこと忘れちゃう。まだ高校生だから、仕事の成果とか子どもとかがあるわけでもないしさ。……せっかく十七年生きてきたけど何も残すこともなく、ただ消えちゃう。まるで、最初から私なんていなかったみたいに。いてもいなくても同じだったみたいに。それが怖かった。生きた意味ってあったのかな、私が生きた証(あかし)なんてないのかな……って》

生きる意味。生きた証。秋都や胡桃沢のような欠落を抱えた人間が、縋(すが)り付いてしまうもの。きっと、楓は病に冒されたりしなければ、そんなものは求めなかったのかもしれない。他の多くの人たちと同じように、日々を生きていけたのかもしれない。ただ生まれたから生きていく。それは正しい。彼女がそうであれば、どれだけよかっただろう。

だが現実はそうではなく、楓は最後の最後に命に意味を求めた。そして、彼女にとってのそれがなにか、秋都には到底答えられそうもない。

《だけどね》

だが楓は、ふわりと微笑んだ。窓のほうに向けていた顔を正面に、つまりカメラに、秋都にまっすぐ向けて、目をそらさずに。

《私、気づいたんだ。生きることに意味はないのかもしれないけど、意味を持たせることはできるんだって。生きる意味は、誰かに何かを伝えることなんだと思う》

《たとえばお母さんが私を生んで命自体を伝えてくれたこと、学校の先生が生徒に授業をすること、漫画家さんが物語を読者に届けること。みんないつか死んじゃうけど、それでも、伝えたことは誰かに届いて、その誰かは他の誰かにまた何かを伝えていく。私はこんな人だよ、こんなことを思って、こんなことを学んだんだよって、バトンリレーみたいに。そうやって、すごく些細(ささい)なことでも、とっても小さくても、みんなの足跡が残っていくんだと思う。この前、今までに秋都が撮ってくれた映像を観てて、そんな風

に感じた。秋都が映す世界は輝いてて、素敵で。秋都っていう人のことが、私に伝わったの》

《で、ね。うーん。やっぱり恥ずかしいね。でも言うね。伝えることが生きる意味。私が生きた意味、それは、秋都だよ。私は秋都が好きです》

《あはは、言っちゃった。照れちゃうな。うん、でも、すっきりした。秋都に恋をしてたよ。もうすぐ死んじゃうし、言ったら秋都も死んじゃいそうだから言わなかったけどね。そうは見えないけど純粋で繊細で、だからいつも傷ついている君が好き。何気ない時間や場所の輝きに気が付ける君が好き。それをみんなに伝えられないでいるひねくれ者で陰気な君が好き。一生懸命生きている、死にたがりな君が、大好き》

《私はたしかに生きていた。生きた。そして君のことを好きになった。その気持ちをこうして伝えた。だから、秋都の存在自体が私の生きた意味の大切なひとつ》

《だから、秋都には生きてほしい。秋都が私の生きた意味だから》

《……えーっと、そんな感じ！　なんかごめんんね。ちょっとわけわかんないかもしれないよね。一応台本も書いてみたんだけどやっぱりなんかしっくりこなくてさ。上手く話せてたかな。恥ずかしくてこの映像見返す自信がないよ》

《みてくれてありがと。生きることには前向きになれたってことだよね？　よかったね。好きな人でもできた？　やりたいこととか見つかった？　そうだといいなぁ。あ、個人的にはやっぱり映像撮る仕事とかおススメだよ。才能あるって言ったの嘘じゃないもん》

《あ、やばい。もうすぐ看護師さんがくる時間だ。そろそろ終わるね。えーっと、これを撮っているのは水曜日のお昼です。今週末は花火大会に行く予定だよね。秋都にしたら過去のことだろうけど、私はこれからです。楽しかった？　楽しみだなー。えーっと、そういうことでした。ばいばい！》

《元気でね》

＊

動画は、カメラに向かって手を伸ばす楓の姿で終わった。時間は多分、十分にも満たない。おそらく、多分。そうとしか言えないのは、画面が滲んでいて、良く見えなかったからだ。後半は、秋都自身が発する嗚咽で、彼女の声がよく聞こえなかった。歯を食いしばり、乱暴に顔を拭う。泣くな、自分にそう言い聞かせ、腿のあたりを殴りつける。何度も、何度も。それを繰り返して、なんとか心を落ち着かせる。

死を前にした楓の言葉は、きれいだった。飾り付けもなく、率直で、でも聡明で。改めて思う。自分が恋をしていた少女は、全力で生きていた。その姿は最後の最後まで輝いていた。

生きる意味、生きる価値、その証。楓が語るそれは、秋都が探していたもの。今ならそれがわかる。楓が死んだ直後にこの映像をみていても、きっとわからなかった。意味も分からずに絶望して、死を選んでいた。

探して、求めて、苦しんで。胡桃沢と出会って、またカメラを手に取って。美しいと思ったものを撮って、指定されたものを撮って、それを公開して。誰かがそれを観てくれて、伝わったと感じた。そんな日々があったから、このメッセージを観ることができた。楓の想(おも)いがわかった。

四年もかかってしまった。もう少しで間違えてしまうところだった。

自分はこんな人間で、こんなことを思っていて、こういうものをきれいだと思う。それを、伝えること。足跡のように世界に刻むこと。

「……バカだな、俺は」

ぽつりと呟く。そうせずにはいられなかった。弱くて異常で、そのうえバカなのだから救いようがない。なのに、救われた。楓が、救ってくれた。それも二度も。

楓のビデオメッセージのファイルを閉じると、画面にはさきほど見ていたコンテストの受賞結果ページが表示されている。

秋都は受賞したMVを再生した。一度完成した後で見直すのは、初めてのことだった。胡桃沢の姿や満開の桜、シネマティックな映像美。だが、それだけだ。これは、違う。

「……ふーっ……」

大きく息を吐き、目を閉じる。自分がこれからしようとしていることはバカなことなのだろう。きっと問題になるし、そもそも世間的には無意味なことかもしれない。時間も一週間しかないし、それでちゃんとやりとげられるかはわからない。

それでも、やる。それが楓の残したこのメッセージへの返事になると思うから。

間違えかけていた生きる意味に、今度こそ本当に向き合うことだと思うから。

秋都は、生きて。

それって、生きてるって言えますか？

二人のその言葉に、胸を張って答えるために。

秋都はスマートフォンを取り出した。まずは胡桃沢に連絡を取るためだ。今からやろうとしていることには、彼女の協力が必要だ。

「……あれ」

そこでようやく気が付いたが、サイレントモードにしていたスマートフォンには、通話、メッセージを問わず多数の着信がきていた。受賞したことへの反応なのかと思っていたが、それにしても多すぎる。そして、牡丹からのものもあった。

不審に思い、内容をチェックしていく。そして今起きている事態を知る。

『連絡が取れなくなっています』『本日受賞発表後に予定していた生配信は』『申し訳ありません』『何か知っていることがあれば』『ＡＫＩさんへは連絡など』。

「……胡桃沢が……？」

受賞を祝う連絡とあわせて関係者から送られてきたメッセージは、胡桃沢が消えてしまったと伝えてくるものだった。誰も連絡が付かないという。

本来であれば、胡桃沢は受賞発表後にデビュー曲のライブを配信する予定だ。そしてそれは彼女のデビューにむけた戦略として重要なものであるはずだ。にも拘（かか）わらず、あの胡桃沢がそれを放棄するとは考えにくい。

「……違うか……」

そう思おうとしていただけだ。いつか、こうなってもおかしくない兆候はあった。自分の映る姿に嫌悪(けんお)を覚えた様子、大学の人間関係から距離を置いたという事実。そして、受賞したMVを秋都が撮ったときの、あの表情。彼女を最後に追い詰めたのは、秋都なのかもしれない。

自分も胡桃沢も、目をそらしていただけだ。もしかしたら、自分たちは似ているのかもしれない、そんなことを思う。秋都も、あのまま進めばきっとそうなっていた。

犯罪や事故ではない、胡桃沢は自身の意志で消えた。秋都がそう考えたのには理由がある。胡桃沢本人からも、短いメッセージが届いていたのだ。


ごめんなさい。


ただ、それだけ。

秋都はそれに返信を打とうと思い、やめた。代わりに脱いでいたジャケットを羽織り、PCの電源を落とす。窓から外を見て、傘を取り出す。

胡桃沢のため、というと少し違うかもしれない。これは俺がそうしたいからするだけだ。彼女を救えるなんて傲慢なことは思わない。ただ、ヒントを得た。それは楓がくれたもので、だから俺は生きていく。今度こそ本当に生きるために。今は胡桃沢のところに行く。

胡桃沢がいる場所には予想がつく。花火がよく見えるのだと聞いたその場所は、秋都が何度となく脳内で構成していた映像のロケ地だ。行かなくてはならない。いや、彼女のもとに行きたい。他の誰でもなく、この俺が。

イヤフォンをつけて、曲を再生する。『クソニガチョコレート』、オリジナルのほうだ。もう一度、シーンプランを検討しながら、ロケ地へと向かう。

最初は歩いて、次に早歩きで、電車に乗って、駅を出るころには駆け出して。

気が付けばそうしていた。これほど懸命に走るのは、秋都には初めてのことだった。不健康な生活や運動不足のせいで、足がもつれる。呼吸が荒くなる。突風で傘が壊れてしまい、小雨に体が濡れる。足元がドロドロに汚れ、髪が濡れていく。わき腹が痛い。だがそれでも、走る足を止めなかった。さびしく俯く胡桃沢の横顔が、そうさせていた。俺は彼女に伝えたいことがある。撮りたい彼女の姿がある。

胡桃沢は言っていた。辛くなったら、一人でそこに行くのだと。

きっと、彼女は今そこにいる。だから。今はただ。

＊

夕方から降り出した小雨は、しつこくずっと続いていた。胡桃沢千歳は、ぼんやりと雨の音を聞いていた。ドーム形の遊具は雨宿りにはピッタリで、子どものころもよくここでこうして膝（ひざ）を抱えていたことを思いだす。昔はもう少し広く感じたものだ。

ドームの入り口から見える他の遊具はみんな雨に濡れていた。すべり台も、ブランコも、ジャングルジムも。おかげさまで、もともとあまり人気のないこの公園にはほかに誰もいない。

「やっちゃったなぁ」

声に出す。自分でも、バカだなと思う。大学の友人や施設の人たちはまだしも、仕事の関係者からの連絡すら絶ってしまった。本当は、今頃先輩のＭＶが大賞を受賞したことを記念して、デビュー曲の生配信をする予定だったのに、スタッフさんとかも準備しているはずなのに。

でも、耐えられなかった。ずっと気持ちが悪くて、ウンザリして、でも我慢して笑って続けていたら、一番ダメなタイミングでダメになった。これはリカバリーできるのだろうか。そもそも、私はリカバリーしたいのだろうか。

「――――っ」

試そうと思って、ワンフレーズを歌おうとした。やっぱり、声がでない。もう何日も前から、普通に話すことはできるのに、歌おうとすると声帯が機能を失ってしまう。生配信は無理だ。それどころか、今後の活動も無理そうだ。

わかってる。こういうときはまずは病院だ。でもわかってる。きっと言われるんだ。

これは精神的なことが原因です。

うるさいなわかってるよ。当り前のこと言うな。

小さいときからずっと頑張ってきた。捨てられたくないから、意地悪されたくないから、みんなに好かれていなくちゃ安心できなくて、そういう存在であることで生きてると感じられたから。でも私は本当はそんな人じゃないから、摩耗していったんだと思う。でもそうするしかなかった。

おそらく受賞したのであろう先輩のMVをみたとき、うまく言えないけど決定的な何かが壊れた音がした。自分でもびっくりするけど、私はあの先輩を、ちょっと違うな。あの先輩が撮る映像に映る自分をよりどころにしていた。でもそれは失われた。けどいかにもバズりそうなMVだった。それくらいはわかる。わかるから、それが賞をとって、私がそれを喜んでみせて、変わってしまった好きだった歌を歌うのが、耐えられなかった。ほんと、バカ。

せっかくここまで頑張ってきたのに、色々やってここまで来たのに、これでパーになってしまうのだろうか。怖い、誰にも好かれないただの自分になることがとても怖い。でもあの場所にい続けることも痛くて苦しい。

もう死んでしまいたい。なにかもがイヤだ。きっと、ホントはどこかでずっとそう思っていたのだと気づく。イヤだな、まるであの先輩みたいだ。

先輩といえば、申し訳ないことをしてしまったという気持ちは一応ある。いつも不幸そうな顔をしてしんどそうな彼は、多分私と似ている。他の人みたいに気楽に生きられないから、辛くて苦しいのに何かを求めて、進もうとしていた。その結果がAKIという映像作家であり、あのMVとそれに端を発する色々な企画だ。先輩は、耐えていたのに、私は逃げてしまった。弱いのは私のほうだった。

だから、さっきメッセージを送った。他の誰にも送っていないけど、彼にだけは。

「……ごめんなさい」

「いいよ別に、俺は」

空耳がした。私はいよいよ末期だ。っていうかこれじゃあまるで私があの先輩のことを好きみたいだ。そういうわけではないのに。

「そこ、濡れないのか？」

飛び上がるほど驚いた。やけにくっきり聞こえると思った空耳は、空耳ではなかった。

あの死んだ魚のような、いやなんかちょっといつもとは違う目つきの彼が、ドームの入り口のほうでしゃがんでいたのだ。ボロボロの傘を差してはいるが、足元はドロドロだ。

「なな、なんで……」

「いや、ここかなと思って。少し前からいたけど、今ここから声がしたから」

先輩は、そう言いながらもドームの中に入ってこない。雨が少し強くなって、肩のあたりが濡れているのにだ。そういうところ、らしいな、って思う。ちょっとバカっぽいけど。

「……とりあえず、入ってくださいよ」

「いいのか」

「公園ですから。わたしんちじゃないです」

ただ、私にとっては今の自宅よりも大切な場所、かもしれない。とは言わなかった。

「それはそうだな」

先輩はそう言うと、ドームの中に入ってきた。それから、膝を抱えていた私の隣に、片膝を立てるようにして座る。子どもが遊ぶための遊具の中に大人が二人なので、ちょっと狭い。っていうか、この状況の意味が分からない。

「なんでですか？」

どうしてここがわかったんですか、なんで来たんですか、なにしにきたんですか。

色々な意味をこめてそう問いかけた。まるで、傷ついた悲劇のヒロインのもとに駆けつけてきたようなシーンで、それこそ先輩の話を元にしたというあの嘘くさい青春恋愛映画みたいな状況だけど、私も先輩も本当はそんなガラではない。だから、いざとなるとこうして普通に話してしまう。

「あー……」

「はい」

「……ちょっとうまく言えない」

「なんですかそれ」

ちゃんと考えてから来いよ。と思った。そういえばこの公園には一緒に来たことがあって、そのとき昔の話もした。だから場所がバレたのはまあわかる。まさか来るとは思ってなかったけど。

雨粒が落ちる音、風の音。狭いドームのなかは微妙に温かくて、まるで外とは別の世界みたいだ。そしてそんなことをしみじみ感じるのは、この先輩がさっきから黙っていて、私もそうだからだ。

仕方ない。

「……あれですか。辛いならやめていいんだよ、みたいなことを言いにきたんですか？」

この先輩は、ひどく冷たい目をしているけど、意外に優しい。自分自身にはあまり優しくないようだけど他人にはわりと気を使う人だ。そして私はこの人に自分の過去を明かしたり、人気が上がっていくときにしんどそうな姿や、まことに遺憾なことにゲロまでみせてしまった。だから心配して駆けつけてきてくれたという推測は立たなくもない。

が、先輩の返事は推測とは違った。

「いや。……だって多分、そんなに簡単にやめられるようなことでもないんだろ。胡桃沢には」

ぼそぼそと話すわりに、聞き取りやすい声。そして、悔しいことに私のことをよくわかっている。ムカつく。その通りだ、やーめた、でやめられるようならこんな状態になっていない。愛される存在であることが重要で、そうじゃなくなれば死んでるのと同じだ。でもじゃあなんなんだよマジで。

鈴木秋都は、しばらく考え込むようにして黙り込んでから、またボソボソと話し始めた。この人陰気な話し方だなホントに。一つ一つ慎重に話すからなんか遅いんだよ。

「あのMV、NYフィルムアワードとかいうコンテストで受賞した」

「そうですか。おめでとうございます」

はいはい、そりゃそうでしょうね、と思う。映像自体も無難に受けそうな綺麗な仕上がりで、なにより話題性がある。半分出来レースみたいなものだ。

「で、さ。一週間後にはＭＶが公開される予定になってて、俺が例の映画の鈴木秋都だってことも公表される予定になってるけど」

はいはい。そうでしたね。もうバズりまくりでしょうね。まず状況がエモいし、私の曲もそれっぽいのに変わったし。

「でもあのＭＶは、俺が撮ったものじゃない。形としてはそうなってるだけだ。俺はあの映像を……そうだな。あえて言うと、あの映像をちっとも『エモい』と思わないから」

先輩はそう言って鼻の下あたりを擦った。おそらく自分では気づいてないのだと思うけど、それはこの人が何かを思い出したり想像したりしてるときによくやる癖だ。

はいはいそりゃそうでしょうね。最初に『ちーちゃんねる』でバズったときの動画や、そのあと二人だけで撮っていたときのものとあまりにも違いすぎる。はいはい桜、桜。はいはい春の風春の風。はいはいみんな大好き美しい風景と青春のドラマ。っていうか私も同意だ。エモくない。言葉にできない感動を無理やり言葉にするためのエモさなんて、感じない。

「だから俺は、受賞したＭＶは色んな人の手を借りたものだって発表する」

「は？」

「それから、あの曲で別のＭＶを撮って、それを自分の作品として公開する。今度は本当に心が動いたものを、俺自身を誰かに伝えるために。……俺が撮る」

「はぁ？」

真顔になってしまった。何言ってるんだこの人。なんか珍しくまっすぐ前を向いて、ドームの入り口から見える雨景色を見据えて、言い切った。

「何言ってるんですか？」

つい、そう口にしてしまった。だってそうだ。それは結構マズい行為だと思う。受賞したあとに、実はオトナの事情アリアリでしたよと当事者が告白するのは明らかにヤバい。タイミングにもよるけど、叩かれるかもしれない。関係者がキレる。そしてなにより、いろんな計画や先輩の今後には間違いなく支障がでる。

だというのに、先輩の横顔は言っていた。もう、決めたことなのだと。

「……意味わかんないんですけど……」

「でさ。胡桃沢に頼みがある」

「なんなんですかマジで」

「新しく作るMVは『クソニガチョコレート』の原曲のほうを使う。映像の素材はこれまで撮りためていたものとか、あとは俺が一人で撮影するものを使って構成するけど、ワンシーンだけ新しい画が欲しい。胡桃沢が、ここで歌っているところだ。ラストの、サビを繰り返すところがいいな」

そう話す先輩の声には、今までの彼にはない温度があった。わかりにくいけど、たしかな温度が。きっとこの人には何かが起きて、そういう決断をしたのだろう。

それ自体は、別にいいと思う。損をするのはどうせ本人だ。私にも影響はあるだろうけど、私はそれどころではない。

損をするのを承知で、それでも自分の撮った映像を公開するのだというのは、言葉にすると、らしくもなく少しカッコいい。『クソニガチョコレート』のオリジナル版で彼が彼らしいMVを撮るというのは正直観てみたいとも思う。もう、手遅れではあるけど。

どうぞどうぞ、って感じだ。だけど問題がある。もう今さら隠しても仕方がないので正直に言おう。

「無理ですよ。……私、なんか歌えなくなっちゃったんです。歌おうとすると、声がでません」

あはは、と手を振って笑ってみせる。先輩は何故（なぜ）か痛そうな顔をした。ああ、わかったこの人、共感性が不必要に高いんだ、多分。

顎（あご）に手を当てて、何か考え込んでいる。意外に睫毛（まつげ）が長い。私は黙って彼の返事を待った。

「いいよ、声が出なくても」

「え？　……ああ、編集で音を足すからとかそういうことですか」

「違う。もし声が出なくてもそのまま使う。歌おうとしている姿が撮れれば、それでいい。声が出たら出たで、それでもいい」

先輩は、うん、そうだな、ああ、それなら、いや待てよ、とか一人でブツブツ言っている。こういうところ、自分では気づいてないいんだろうけどクリエイター気質だな、ウザ、とか思う。私には彼の言っていることはよくわからない。MVのラストで歌声が消えて、その画面に必死に歌おうとしているのに一音も出すことができない姿が映っているなんて、放送事故みたいだ。

「いいんだよ。本当のことだから」

先輩はそう言って、スマートフォンに何かを打ち込んだ。多分メモをしているのだろう。どうやら、本当に新しくMVを撮って、本気でそれを公開するつもりみたいだ。

「俺は、そうしたいからそうする。だからってわけじゃないけど、胡桃沢もしたいようにすればいい。ホントの自分を、伝えればいい。俺はそれを撮りたい」

ちょっとムカつく。勝手だ。私は協力するなんて言っていない。というか、この人は傷ついた私を救いにきたんじゃなかったのか。いや救われるつもりなんてないけど、方向性として。

「……私、撮影OKとは言ってないんですけど」

「ああ。わかってる。だからとりあえず俺、ラストシーン以外のところを作って送るよ。

それ観て、歌う気になったらでいい。もしダメならまたなにか考えるから」

私が反対したり断ったりすることは想定していたのだろう。まったく迷いのない言葉だった。撮る、絶対に撮るのだと、決めている。

わからない。私にはわからない。

「そのMVが撮れたら、胡桃沢も少しはラクになれるんじゃないかと思う」

そう話す先輩の言葉に、妙な説得力があった。信じてしまいそうになる前向きさがあった。なんでだろう。

この人は口にはしていなかったけど、きっとずっと死にたがっていた。辛くて苦しくて、自分が好きじゃなくて、縋り付くなにかも見つけられなくて。

私はそれを感じていた。なのに何故、今の彼はこんな表情をするのだろう。

「なんで、そこまでして撮りたいんですか？」

シンプルにそう問いかけた。まるで口が勝手に動いたみたいだった。

先輩は、その表情のまま答えた。

「それが、俺の生きる意味だから」

どこか照れくさそうに、少し情けない感じで、いつもの無表情からはずいぶん落差のある柔らかさで。彼は、笑っていた。初めて、彼の笑顔を見た。

＊

胡桃沢を家まで送った。道中話したが、彼女はひとまず関係各所に謝罪を入れて、それから少しの休養をとるつもりだそうだ。世の中というのは終わりがある映画じゃないから、劇的なことだって現実的な落としどころに向かうことになる。

そして、秋都のほうもそれは同じだ。現実的に、ＭＶを作成していく。それは地味な作業だ。まず、これまで撮りためていた胡桃沢の映像を見ていく。すでに公開しているものは基本的には使わない。良い画が撮れていても、その動画の方向性からカットした部分も無数にあった。そしてそれらの中には『クソニガチョコレート』の音を映像として表現するのに適しているものもある。

それは多分、あの歌が胡桃沢の本質を吐露したものだから。そしてこれらの画は胡桃沢の自然な姿を捉えようとしたものだから。

春、夏、秋、冬。変わる景色と街並み。光と影。その中に浮かび上がる胡桃沢の姿。歩き、食べ、何かにムカつき、文句を言い、意地悪く笑い、物憂げに佇む。そして時折はっとするような神秘的な光を放つ。綺麗だとか、美しいだとか、言葉にしてしまうと固定されてしまう、形のない輝き。滲み出る怒りや悲しみや喜び。複雑で滅茶苦茶で、だから惹きつけられる心。それを捉えた画。

をかし、エモい、尊い、萌える。あるいは『サウダージ』とか『わびさび』とかもそうなのかもしれない。心が動かされたことを表現する様々な言葉。それは、本当は言葉にできないもので、だから伝えにくいもの。でも伝えたいもの。胸が締め付けられるような、肌が粟立つような、心の震え。

俺がきれいだと感じたことを、撮る。編集していく。

生きる意味なんてない。でも意味を持たすことはできる。それは伝えること。自分の想いを伝えて、足跡を刻むこと。俺にとってのそれは、これだ。そう信じて。

だってバズりたいじゃないですか。胡桃沢はそう言った。

撮りためていた素材だけでは限界がきて、秋都は部屋を出た。無数の他人が行きから渋谷へ、高校時代を過ごした湘南へ、電車を乗り継いで二十三区ではない東京の町へ。落ちていく陽、波で姿を変え続ける砂浜、路地裏に舞うレジ袋。そうしたものを撮り、曲のイメージに落とし込んでいく。

人と話すことは苦手な秋都だが、素材を集める中で偶然出会った何人かには、出演交渉までした。ほとんど断られたが、何人かは了承してくれた。

カフェで書き物をしていた男性、公園でバイオリンを弾いていた少女、黒猫を連れたカップル、ビーチで筋トレをしていたサーファー。いずれからも強い魅力を感じた。ただの直感だが、その誰もが、自分という存在に肯定的であるように見えた。それは『クソニガチョコレート』の歌詞に合っている。

みんなが好きっていうチョコレートはチョコレートじゃない、ただの砂糖。甘くて白くて体に悪くて美味しい。なのに感動して、好きになって、泣いたりもする。バカじゃないの。ホントのチョコレートは口当たりが最悪で、黒くてドロドロしてて苦い。もちろん誰も食べない。バカじゃないの。みんなバカだみんな死ね。世界全部真っ黒に染めてやる。私のチョコレートを口のなかにぶち込んでやる。

胡桃沢のチョコレートはたしかに苦そうだが、そうでない人もいる。その人にはその人の、ホントのチョコレートがある。それを、伝えたくて。

映像はこれまでにない速度で仕上がっていった。曲にあわせて繋ぎ、紡ぐ。歌詞の英字を印象的に見えるように配置していく。

そして、ラストシーンを除いたすべてが出来上がった。

「……あとは、胡桃沢次第、だな」

作りかけの映像を見返す。こうしてみると、やはり胡桃沢は魅力的な被写体だと感じる。彼女が表面にみせている愛らしい姿がではない。その奥にあるもの。複雑でドロドロでグチャグチャに濁っている部分と、さらに奥にある弱さと強さ、子どもみたいな純粋な輝き。俺はそれに魅せられている。

秋都は、作りかけのMVのデータをメールに添付した。ラストシーンの撮影予定日と時間はメール本文にいれてある。あとは送信をクリックするだけだ。

「……しかし、ギリギリだったな」

苦笑してしまう。最速でここまで仕上げたが、それでも受賞したMVが一般に公開される前日となってしまった。だからラストシーンは明日の夜撮るしかない。そしてその場で即繋げて公開する。もちろん、胡桃沢が来てくれればの話だ。

秋都は、デスクに置いてある小箱の中のUSBを取り出し、それをそっと握りしめた。

「俺、生きてみるよ」

そう呟き、胡桃沢へのメールを送信した。

頭のおかしいヤツの独り言だ。この世に霊魂はないと思っているし、この呟きが誰にも届かないことはわかっている。これはただの感傷、そして、宣言だ。

＊

撮影場所の公園は、あとから知ったことだが名称をコスモス公園といった。胡桃沢が一人で過ごすためによく来ていたと言っていただけあって、本当に人気（ひとけ）がない。秋都は、他に座るところもなかったためブランコに腰かけていた。はたからみれば怪しい男かもしれないが、他に誰も人はいなかった。

胡桃沢に送った時間を八分ほど過ぎている。

「来ないかもしれないな」

ひとり、そう口にする。考えるまでもなく、自分勝手な話だ。楓のおかげでようやく見つけた生きる意味、でもそれは秋都にとってというだけだ。自分と同じように生きることに不安定な胡桃沢の何かの助けになればと考えたのは事実だが、それですべてが解決できるとも思っていない。なのに撮ることを望んだ。胡桃沢が応じてくれなくても当たり前だ。

秋都は、手にしたｉＰｈｏｎｅで時間をみた。約束を十分過ぎている。来ないかもしれないとは思っていても、ここを立ち去る気にはなれなかった。

三十分が過ぎたところで、背後から音がした。ざっ、という土を踏む音。

「……なんで、待ってるんですか」

「なんでと言われても」

「一時間くらいここにいましたよね」

秋都は指定した時間より前からここで待っていた。それを知っている胡桃沢はいつからいるのだろう。

「来てくれたんだな。ありがとう」

秋都は素直にそう言ったが、胡桃沢は決まりが悪そうにつま先で土を蹴った。まるでむくれた猫のような表情だ。

「そりゃ、来ますよ。あんな映像送られたら」

「あんな？」

「あんな」

胡桃沢は、途中までのMVを評価してくれたらしい。すこし、安心した。

「……あー。じゃあ、撮影、大丈夫か？」

「やるだけはやってみます。まだ、歌は歌えてないから、ぶっつけですけど。……あれ、機材とかは？」

胡桃沢の問いかけに、秋都はｉＰｈｏｎｅだけを掲げてみせた。持ってきているのはこれと、編集用のラップトップだけだ。仕事が増えていく中でそろえた撮影機材は、全部置いてきていた。

「いいんだ。今はこれで」

秋都はそう答えて、胡桃沢に撮影プランを説明した。曲のラスト、サビのフレーズを繰り返す部分を撮る。丘に位置する公園で、街を見下ろすフェンスを摑み、歌う。ただ、それだけ。空と街に臨む胡桃沢の姿は、きっと最高に映える。

説明を終え、アングルを決めて、胡桃沢が配置につく。秋都はｉＰｈｏｎｅを構える。

「スタート」

曲のイントロが胡桃沢のスマホから流れる。実際にＭＶとして加えるのはラストの数フレーズの画だけだが、そこに至るまでのすべてを歌ってほしいと依頼した。そうしなければ、歌のラストとして機能する声は録れない気がした。

ラストシーンでは歌声以外の音はあとから足すが、声だけは今ここで撮れたものを入れる。小さくても、掠れていても、関係ない。

胡桃沢は頬に汗をかいていた。緊張しているのだとわかる。焦り、戸惑い、苛立ち、そうした感情が肉体の反応として表に出ている。準備運動のように発した声は、か細く、弱かった。

イントロが終わり、歌が入る部分に入った。

「――っ――ぁ」

胡桃沢は声を出せなかった。そのことにショックを受け、不安そうに秋都をみる。だが秋都はカメラを止めなかった。そのまま、目だけでそう合図をする。

曲は続いていく。まるで、誰も歌っていないカラオケの音のように、流れていく。

「―――ぅ」

胡桃沢はフェンスを握りしめ、叫ぶように口を開けた。ほんの少しだけ、声が漏れた。

それで、いい。

「聞こえる。俺には聞こえる」

生きたいと叫ぶ声が。

「俺にはちゃんと見える」

ボロボロになりながら進んできた姿が。

俺が撮りたいのは、そういうものだから。

＊

必死に歌おうとしている。こんなに必死になったことなんてないくらいに本気で、声が出てほしいと願ってる。でも呻きのような掠れた声しかでてこない。

歌えなくてもいいと、先輩は言った。でも私はイヤだ。歌いたい。私が、私の好きな歌を歌いたいように歌う姿を、撮ってほしい。それを、みてほしい。

「―――ぃ、っ―――あ」

曲にあわせて、必死に口を動かす。真に迫るロパク選手権があれば世界一になれるくらい迫真のロパクだ。でも声はでない。ほんの一音か、二音、なんとか絞り出せただけ。先輩は、えらく真剣な表情でiPhoneを構えている。微動だにしない。実際使うのはラストの数フレーズだけなのに、まるで世界で中継されるライブ映像でも撮っているかのような瞳だ。

歌いたい。本当に歌いたい。私がそう思うのは、先輩が送ってきた作りかけのMVを観たからだ。あの映像には、私がいた。ちゃんと、いた。本当は性格が悪くて、でもそれを隠して誤魔化して、たまに滅茶苦茶なことを叫びまくりたくなる私がいた。そんな私なのに、とても自然だった。酷い歌詞、自分でもそう思う『クソニガチョコレート』は、私という形そのもののようだった。

みんなに好かれて愛されることがすべてだと思っていた。それが生きてる意味だと思っていた。生きてると感じられた。っていうか今も大体そうだ。

でも少しだけ、ほんの少しだけ。そんなこと関係なく、私として生きていていいのかもしれないと感じた。それは、先輩が撮影した自分が、本当に綺麗だったから。生々しくても荒々しくても、それでも。

なんか急に悟ったような感じの先輩にはちょっとムカつくし、こんな青臭い感じで歌おうとしている自分がちょっとおかしい。でも今は吐き気がしない。気持ち悪くない。歌いたい。あのMVの最後にちゃんと今の私の歌を加えたい。

私を、伝えたい。それはきっと、とても意味のあることだから。

イメージ戦略的にはマイナスになるかもしれない。だけど、甘く白く飾り立てられていない、むき出しの私を、ぶちまけてやりたい。

平気だ。怖くない。先輩が、撮ってくれる。

「――あああっ！」

一番のサビ。その途中で入るシャウト。声が、出た。つぶれたカエルみたいな声で、全然可愛(かわい)くない、でも気持ちがいい。

「――――」

二番に入った。少しずつ、声が出てくる。Nで韻を踏み、放送禁止用語ギリギリな歌詞を紡いでいく。おかしくなってきた。笑いそう。

「――――」

一音ずつ、声が大きくなる。たまに出なくなって音を飛ばす。でもまた口を大きく開ける。胸を押さえて、フェンスを摑んで、何度も。

もうすぐラストになる。サビを繰り返すフレーズ。歌えるかもしれない。

不意に、大きな音がした。どん！　という突拍子もない音だ。あわせて、あたり一面が明るくなる。一瞬驚いたが、すぐにそれが何によるものなのかわかった。

顔を上げて、フェンスの向こうに広がる夜空を見上げた。

そこには、光の花が咲いている。

打ち上げ花火だ。

そういえば、花火大会はこのくらいの時期だった。それにしても劇的な偶然だと思う。見れば、先輩も一瞬だけ驚いて顔をあげていた。知らなかったらしい。

さすが映画の主人公になるような人は持ってるな、とか思う。でも狙いすぎなそのタイミングはやっぱりどこか滑稽でバカバカしい。新海誠監督作品のポスターかよ青&春かよウケる。

花火は次々に打ちあがり、色とりどりの光が私や公園や先輩に降り注いだ。もちろん音もデカい。スマホから流している曲が聞こえない瞬間が生じるし、歌声は塗りつぶされる。

だから私は、
負けないように、歌声のボリュームを上げた。

*

楓とは一緒に見ることができなかった、花火。皮肉だと思う。そういうドラマ的なことはあの時に起きてほしかったと思う。だけど人生なんてそんなものだ。

胡桃沢が言うように、ここからは花火がよく見える。なのに人気がない。花火の音で曲が聞こえづらい。少しずつ大きくなってきていた胡桃沢の歌も——

「——」

胡桃沢の歌は、かき消されてなどいなかった。もちろん、炸裂音(さくれつおん)に遮られはしていても、それに負けないように彼女は歌っていた。叫ぶように、吠(ほ)えるように。


みんなが好きっていうチョコレートはチョコレートじゃない、ただの砂糖。

甘くて白くて体に悪くて美味しい。なのに感動して、好きになって、泣いたりもする。

バカじゃないの。

ホントのチョコレートは口当たりが最悪で、黒くてドロドロしてて苦い。

もちろん誰も食べない。バカじゃないの。みんなバカだみんな死ね。

世界全部真っ黒に染めてやる。私のチョコレートを口のなかにぶち込んでやる。

きっと、世界のどこかにいる誰かは、このチョコレートを美味しいと思ってくれるはずだから。


夜空に咲く火の花が、胡桃沢の横顔を照らす。その横顔はとても爽快に見える。

夜と花火、そして彼女。この画は、狙っても二度と撮れそうもない。

曲が終わり秋都はカットの合図を出す。胡桃沢は力を使い果たしたかのように膝に手をつき、大きく息を吐いた。花火はまだ打ち上げられているので、近くに寄らなければ会話もできそうにない。秋都は胡桃沢に駆け寄り、声をかけた。

「おつかれ」

「……はぁ……はぁ、おつかれ、です」

「歌えてたな」

「……イェイ」

「あー、俺、今からここで作業して繋げて、公開までするから」

「するから？」

「もう帰ってもいいよ」

「はぁ？」

「あ、いやお礼は後日改めてするから。ペイペイでいいか」

「そうじゃないでしょ。私も完成形見てから帰りますよバカなんですか」

そんな会話を続けるなかでも、どんどんどん、と空から轟音が響く。胡桃沢はジャングルジムに上り、花火を眺め始めた。

胡桃沢はたまやー、などというクラシカルな声を上げ、それから鼻歌を歌い始めた。どうやら、少しは吹っ切れたらしい。今後彼女がどうするのかはわからないが、それだけでも良かったと思える。

秋都は地べたに座り込んでラップトップを立ち上げ、編集作業を開始した。と、いっても途中までできていたMVの最後に少しだけ加えるだけだ。一瞬の無音、反転、それからさっき撮ったばかりの映像を繋ぐ。

歌詞も入れない、曲だけは加えるが歌はいれない。さっきの胡桃沢が、掠れがちになりながらも必死に発していた歌声と、花火の音。整えて、調整する。印象としては、MVのラストがドラマパートになったような仕上がりになった。

「……なんか、思ったよりいいですね……。なんでだろ。すごい、かも」

いつの間にか後ろに来て画面を覗き込んでいた胡桃沢が、秋都の肩を摑んでそう言った。目が輝いているので、多分本心なのだろう。秋都も、同じようなことを感じていた。だから答えた。

「ああ、エモいな」

「けど、マジでこれアップするんですか？　……私は、まあ、いいですけど」

「ああ」

時間を置くと怯んでしまいそうだし、ＡＫＩが『主人公』であることが公表される前にやりたい。だから、いつかの胡桃沢のようにさっさとアップの作業に入った。

動画投稿サイトに乗せて、短い説明を加える。

〈こっちが、俺の撮った映像です。あっちは、いろんな人の手が入っているので〉

そして一応、秋都のＳＮＳアカウントでアップを告知。

またしても、胡桃沢が背後からひょっこり画面を覗き込んできた。

「先輩、フォロワー三人って。これ意味あります？」

「いや……まあ、このアカウントではこれまで何も投稿してなかったからな……」

アカウント名はＡＫＩだが、おそらく映像作家のＡＫＩと結び付けられてはいないだろう。

胡桃沢は呆れたような目になってため息をついた。やれやれ、とジェスチャーで語っている。

「しょーがないから、私のアカウントで拡散してみますよ」

胡桃沢の申し出はありがたい。彼女のこれまで作ってきたであろうイメージは崩れるのだろうし、色々面倒なことになるのを分かったうえで、そう言ってくれているのだ。

「いいのか？」

「だって、バズりたいじゃないですか」

胡桃沢は、どこか爽やかな、それでいてけろりとした表情でそう答えた。いつか同じセリフを聞いた時よりも、ずっと気楽で、なのに純粋な響き。

そして、今は秋都も彼女と同意見だ。——伝えたいと思うから、刻みたいと願うから。

「そうだな」

秋都は、そう言って笑った。

「お礼は？」

「どうもありがとう」

一連の作業が終わった。もう、ここでやることはない。しかし、胡桃沢はこの場から動こうとはしなかった。

「せっかくだし、花火最後までみていきましょうよ」

花火は、四年前から一度も見ていなかった。どこか遠くから音が聞こえても、目をそらしていたくらいだ。だけど、今は見ることができる。秋都はスマートフォンをデニムのポケットに入れて、答えた。

「あー。そう、だな」

胡桃沢は再びジャングルジムに上り、秋都は立ったままジャングルジムに背を預けてもたれた。どん、どん、どん。そろそろ終盤に差し掛かったのか、花火は派手さを増していく。

「それにしてもですね」

花火を見上げたまま胡桃沢は、ごにょごにょと何か話し出した。

「なに？」

「先輩って、もしかして私のこと好きなんですか？」

「は？」

「だってよく言うじゃないですか。被写体に恋をしていると、いい映像が撮れる的な」

ごにょごにょごにょ、と聞き取りにくい。それは花火のせいだけではなかった。

「まあ、魅力的だと思ってるのはたしかだな」

それは、正直な気持ちだ。そうでなければ、こんなMVを撮ったりはしないし、そもそも胡桃沢との撮影を続けていない。胡桃沢には独特の輝きがあり、それは背景となる世界にすら色をつけてくれるものだと思う。楓とは真逆だけど、それは等しく魅力的だ。

「な、なるほど？　だったらあれですかね。付き合うとかそういう……。少しは考えてみてもいいですよ。なんか、ここまでやってくれたわけですし」

橙色の花火が上がり、その光が胡桃沢の頬を照らした。秋都は笑って答えた。

「いやいいわ。あんまりタイプじゃないし」

「なんだとコラ」

それも、偽らざる本心だった。楓を忘れられないのも事実だし、胡桃沢のことはそんな風に考えられない。

不意に、デニムの右ポケットが振動した。

「あれ？」

それも、次々に、連続して振動した。そこに入っているのは、さっき動画を投稿したスマホだ。不思議に思い、スマホを取り出してみる。その間もひたすら振動が続く。

動画アップの告知コメントのPV数が、凄まじい速度で増えていく。拡散され、フォロワー数が伸びていく、引用されてもいる。そのたびに、スマホが振動している。

「……これ」

「バズってますね」

「なるほど、こんな風になるのか」

秋都は、スマホを再びポケットにねじ込んだ。そんな秋都を胡桃沢は不思議そうに見つめる。

「みないんですか？」

「今はいい。なんかとんでもないことになりそうだし」

実際、ちらりと見えたコメントは否定的な文面だったように思う。それも仕方ない。

いわゆる大人の事情で受賞したとして、自らそれを否定するように『オリジナル版』として歌すらも異なる映像を作って公開したのだから。すぐに関係者から連絡も来るだろう。今あげた映像が評価されても、されなくても、どっちにしろ問題にはなる。

そうなれば、ＡＫＩは映像作家として用意されたレールから脱線することになる。

牡丹の思惑は外れることになるし、それは申し訳ないと思う。

だけど、楓には胸を張れる。これで良かったんだと思える。

右のポケットはまだ振動を続けている。映像作家ＡＫＩの『正体』がすでに明らかにされていて、それの影響なのかもしれない。それくらい、途切れない。

この無数の振動の発信源のうちの一つや二つくらいには、きっと伝わっている。俺が綺麗だと思ったものが、俺の心が動いたものが伝わっている。それでいい。この胸の熱さと痺れがその証だ。

生きていると感じる。生きていけると感じる。

秋都はジャングルジムから離れて、指でフレームを作った。フレームのなかに、画を切り取る。ジャングルジムの上にいる胡桃沢の背中と、その向こうに咲く花火。いい画だ。スマートフォンをサイレントモードに変えて、動画を撮ろう。

なんだか、とても、晴れやかな気分だった。

#胡桃沢千歳　#ＡＫＩ　#クソニガチョコレート　#ＭＶ　#花火
#オリジナル　#原曲　#傑作　#自爆　#拡散希望

〈なにこれ〉
〈なんか鳥肌立った〉
〈じゃあ受賞作のほうはなに？〉
〈あのエンドロールの人っていうのなんかわかる〉
〈これ勝手にやってるのはどうかと思う〉
〈それも含めて計画なんじゃないの〉
〈ちょっと意味がわからない。最後の花火のところ歌入ってなくない？〉
〈ちーちゃんねるで投稿してたときの謎のエモさがある〉
〈商業性ガン無視で笑う〉
〈お前有名人かよ〉
〈エゴ丸出しでアート気取り。そんなレベルじゃないでしょ〉
〈胡桃沢千歳なんか違う〉
〈めっちゃ綺麗！〉
〈もう三回目〉

〈謎のヘビロテ性がある〉

〈歌詞訳してみたけど、ロックすぎる〉

〈ネームバリューでの出来レース〉

〈ゾワッとした〉

〈よくわからない〉

〈私は、好き〉

*

花火大会の夜から、二か月が過ぎた。もうすぐ、秋が始まる。

芸大は夏休み期間に入っているので、時間はある。秋都は、サーフィンの大会会場であるビーチに来ていた。

もちろん、サーフィンをしにきたわけではない。サーフショップから受けた依頼で、サーフィン専門チャンネルにあげる動画を撮影に来た。今日の大会には、もともとそのショップの従業員だったプロサーファーが出ることになっていて、彼の波乗りを撮る。

とはいっても、仕事というよりは半分趣味に近いかもしれない。代金は経費プラスほんの少しくらいしか受け取らず、その代わり好きに撮らせてもらうからだ。プロサーファーの彼のダイナミックなジャンプは躍動感があって映像に映えると思うし、撮りたい素材だと感じた。だから依頼を受けた。

昨日は朝日に照らされていく滑走路を撮った。これは完全に好きでやったこと、あるいは練習であり仕事ではない。ただ綺麗だと思って、素材になる気がした。いつか誰かに見せる映像につなげたい。

一昨日はちょっと田舎まで行って、その土地の猫を撮った。こっちは仕事だ。猫というのは色々な表情をみせるので、それを捉えるのが面白かった。撮れた映像はコミカルで、観た人が笑えたらいいなと思う。

そうした日々を、繰り返していく。相変わらずイヤなことは多いし、ウンザリすることもあるけど、なんとかやっている。やっぱり死にたくなることはあるけど、そのたびに撮りたいものを見つけて、撮っている。撮るまでは生きていようと思う。

やっとみつけた意味を、握りしめて。

とりあえず今は、このサーフィン大会の会場であるビーチの様子を撮っておこう。

『胡桃沢千歳、セカンドシングル！』

不意に、そんな宣伝文句が聞こえてきた。少し驚き、音の方向に目を向けると、そこにはオーロラビジョンがあった。おそらく競技が開始されるとサーファーの姿が映し出されるのであろうそこは、今は宣伝動画を流す時間らしい。

「あー。あいつのレーベルが大会スポンサーなのか」

周りを見ると、胡桃沢が所属しているレコードレーベルのロゴが会場のあちこちにあることに気づく。胡桃沢のファンがこの会場の客層とマッチしているかどうかは知らないが、それでも宣伝は大事なのだろう。

〈はい。胡桃沢です。えーっと、なんでしょうかね。とりあえず聞いてみてくださいよろしくです〉

胡桃沢本人によるそんな短いコメントが入り、歌の一部分だけが聞こえてきた。それにしてもずいぶんあっさりした曲紹介で、笑ってしまいそうになる。一方、画面の胡桃沢のほうは笑っていない。あれが、彼女の言っていた『色々とやり方や見せ方を模索した結果決めたギリで行ける感じ』なのだろう。テレビでもSNSでも最近の彼女はあんな感じだ。探り探りということでまだ不安定なところもあるらしく、時々愚痴を聞かされることもある。

それでも胡桃沢はああして歌っている。キャラ変したという印象を持たれたことからフォロワーが離れたりもしたようだが、それでも違う層に受けることもあるのだそうだ。

あの花火の夜にアップした動画は、やっぱり問題があって、わずか一晩で削除することになった。だけど、それまでの間にちょっと想像がつかないほどに拡散され、多くの人がそれを見た。詳しくは知らないのだが、一部界隈（かいわい）では相当話題に上ったらしい。

責任をとって、というつもりでもなかったが、秋都は牡丹のプロデュースを辞退して、スタートするはずだった様々な企画から下りた。そしてこうして、自分で一から仕事を始めている。各方面には大変迷惑をかけてしまったが、楓の言葉をうけて秋都が考えたことを話して、牡丹はわかってくれた。あの人が泣くのを、秋都は初めて見た。

胡桃沢はもはやあの知名度なので、そのまま活動を続けている。ただ元々の路線のままでいたほうが人気が得られたかどうかは、わからない。

秋都にしろ胡桃沢にしろ、望みを果たす大成功は得られていないし、かといって全てを失ったわけでもない。あの映画のように劇的でもないし、グッドもバッドもエンディングもない。

ただ日々は続いていき、そのなかで生きていく。

いつかもっと年を取って、死にたいと思ってなくても死んでしまう日が来たのなら。

自分はきっと、楓と過ごした高校時代のことを一番の思い出にあげるだろう、と思う。

だからこの一年も、今この瞬間も、そしてこれから先のことも。『終わった後の話』だ。

終わったから始まることも、きっとある。

「あ」

なんとなく空を見上げると、飛行機雲が見えた。その先端には機影があり、青空に白の筆が走るように伸びていく。秋都はとっさにｉＰｈｏｎｅを向けて、撮影を開始した。やっぱりこれだけのほうが身軽で手軽だ。いずれはもっと機材を使う必要があるかもしれないが、今はこれでいい。

飛んでいく飛行機を追っているｉＰｈｏｎｅが振動した。メッセージが着信したらしい。今は撮影中なので、無視。機影がフレームアウトして、撮影を止めて、それからやっとメッセージをチェックする。

〈先輩〉
〈なんか今待ち時間で暇なので〉
〈最近撮ったエモいなにかがあったら〉
〈送ってください〉

だからなんで、細かく区切るんだよ。秋都はいつもそう思うし彼女にも言うのだが、胡桃沢はそのスタイルを変えようとしない。一方秋都は一発でやりとりを終わらせたいほうだ。

〈エモいかどうかは知らんけど、今撮ったやつ〉

青空に伸びる飛行機雲のなんてことないシンプルな画。だけど、秋都が撮りたいと思ったもの。きっとバズったりはしない。でも撮るし、伝えることはやめない。こうしたことを積み重ねて、伝え続けて、いつか届くと信じて。

胡桃沢から返信がきた。

〈フツーですね〉

普通に、生きていく。

本書は新潮文庫のために書き下ろされた。

喜友名トト著　**余命1日の僕が、君に紡ぐ物語**

これは決して〝明日〟を諦めなかった、一人の小説家による奇跡の物語——。青春物語の名手、喜友名トトの感動作が装いを新たに登場。

浅原ナオト著　**今夜、もし僕が死ななければ**

「死」が見える力を持った青年には、大切な誰かに訪れる未来も見えてしまう——。愛する人への想いに涙が止まらない、運命の物語。

伊与原 新著　**青ノ果テ**
—花巻農芸高校地学部の夏—

僕たちは本当のことなんて1ミリも知らなかった——。東京から来た謎の転校生との自転車旅。東北の風景に青春を描くロードノベル。

乾 くるみ著　**物件探偵**

格安、駅近など好条件でも実は危険が。事故物件のチェックでは見抜けない「謎」を不動産のプロが解明する物件ミステリー6話収録。

榎田ユウリ著　**ここで死神から残念なお知らせです。**

「あなた、もう死んでるんですけど」——自分の死に気づかない人間を、問答無用にあの世へと送る、前代未聞、死神お仕事小説！

王城夕紀著　**青の数学**

雪の日に出会った少女は、数学オリンピックを制した天才だった。数学に高校生活を賭す少年少女たちを描く、熱く切ない青春長編。

梶尾真治著

おもいでマシン
―1話3分の超短編集―

クスッと笑える。思わずゾッとする。しみじみ泣ける――。3分で読める短いお話に喜怒哀楽が詰まった、玉手箱のような物語集。

河端ジュン一著

六畳間ミステリーアパート

そのアパートで暮らせばどんなお悩みも解決する!? 奇妙な住人たちが繰り広げる、不思議でハートウォーミングな新感覚ミステリー。

片岡　翔著

ひとでちゃんに殺される

怪死事件の相次ぐ呪われた教室に謎の転校生「縦島ひとで」がやって来た。悪魔のように美しい彼女の正体は!? 学園サスペンスホラー。

加藤千恵著

マッチング！

30歳の彼氏ナシOL、琴実。妹にすすめられアプリをはじめてみたけれど――。あるあるが満載！ 共感必至のマッチングアプリ小説。

賀十つばさ著

雑草姫のレストラン

タンポポのピッツァ、山ウドの天ぷら、よもぎのアイス……八ヶ岳の麓に暮らす姉妹の草花ごはんを召し上がれ。癒しのグルメ小説。

越谷オサム著

次の電車が来るまえに

故郷へ向かう新幹線。乗り合わせた人々から想起される父の記憶――。鉄道を背景にして心のつながりを描く人生のスケッチ、全5話。

河野裕著
いなくなれ、群青
11月19日午前6時42分、僕は彼女に再会した。あるはずのない出会いが平坦な高校生活を一変させる。心を穿つ新時代の青春ミステリ。

河野裕著
さよならの言い方なんて知らない。
あなたは架見崎の住民になる権利を得ました。一通の奇妙な手紙から始まる、死と隣り合わせの青春劇。「架見崎」シリーズ、開幕。

小島秀夫原作
野島一人著
デス・ストランディング（上・下）
デス・ストランディングによって分断された世界の未来は、たった一人に託された。ゲーム『DEATH STRANDING』完全ノベライズ！

紺野天龍著
幽世の薬剤師
薬剤師・空洞淵霧瑚はある日、「幽世」に迷いこむ。そこでは謎の病が蔓延しており……。現役薬剤師が描く異世界×医療ミステリー！

五条紀夫著
クローズドサスペンスヘブン
俺は、殺された——なのに、ここはどこだ？天国屋敷に辿りついた6人の殺人被害者たち。「全員もう死んでる」特殊設定ミステリ爆誕。

彩藤アザミ著
エナメル
—その謎は彼女の暇つぶし—
美少女で高飛車で天才探偵で寝たきりのメルとその助手兼彼氏のエナ。気まぐれで謎を解く二人の青春全否定・暗黒恋愛ミステリ。

佐野徹夜著
さよなら世界の終わり
僕は死にかけると未来を見ることができる。生きづらさを抱えるすべての人へ。『君は月夜に光り輝く』著者による燦めく青春の物語。

恩田陸・芦沢央・海猫沢めろん・織守きょうや・さやか・小林泰三・澤村伊智・前川知大・北村薫著
だから見るなといったのに
―九つの奇妙な物語―
背筋も凍る怪談から、不思議と魅惑に満ちた奇譚まで。恩田陸、北村薫ら実力派作家九人が競作する、恐怖と戦慄のアンソロジー。

千早茜・遠藤彩見・田中兆子・神田茜・深沢潮・柚木麻子・町田そのこ著
あなたとなら食べてもいい
―食のある7つの風景―
秘密を抱えた二人の食卓。孤独な者同士が集う居酒屋。駄菓子が教える初恋の味。7人の作家達の競作に舌鼓を打つ絶品アンソロジー。

清水朔著
奇譚蒐集録
―弔い少女の鎮魂歌―
死者の四肢の骨を抜く奇怪な葬送儀礼。少女たちに現れる呪いの痣（あざ）の正体とは。沖縄の離島に秘められた謎を読み解く民俗学ミステリ。

白河三兎著
ひとすじの光を辿（たど）れ
女子高生（JK）×ゲートボール（GB）！　彼女と出会うまで、僕は、青春を知らなかった。ゴールへ向かう一条（ひとすじ）の光の軌跡。高校生たちの熱い物語。

椎名寅生著
夏の約束、水の聲（こえ）
十五の夏、少女は〝怪異〟と出遭い、死の呪いを受ける。彼女の命を救えるのか。ひと夏の恋と冒険を描いた青春「離島」サスペンス。

杉井光著

世界でいちばん透きとおった物語

大御所ミステリ作家の宮内彰吾が死去した。『世界でいちばん透きとおった物語』という彼の遺稿に込められた衝撃の真実とは——。

竹宮ゆゆこ著

心が折れた夜のプレイリスト

元カノと窓。最高に可愛い女の子とラーメン。そして……。笑って泣ける、ふしぎな日常をエモーショナル全開で綴る、最旬青春小説。

武田綾乃著

君と漕ぐ
—ながとろ高校カヌー部—

初心者の舞奈、体格と実力を備えた恵梨香、上位を目指す希衣、掛け持ちの千帆。カヌー部女子の奮闘を爽やかに描く青春部活小説。

月原渉著

九龍城の殺人

「男子禁制」の魔窟で起きた禍々しき密室連続殺人——。全身刺青の女が君臨する妖しい城で、不可解な死体が発見される——。

七月隆文著

ケーキ王子の名推理(スペシャリテ)

ドSのパティシエ男子&ケーキ大好き失恋女子が、他人の恋やトラブルもお菓子の知識で鮮やか解決！　胸きゅん青春スペシャリテ。

早坂吝著

探偵ＡＩのリアル・ディープラーニング

天才研究者が密室で怪死した。「探偵」と「犯人」、対をなすＡＩ少女を遺して。現代のホームズVS.モリアーティ、本格推理バトル勃発!!

萩原麻里著
呪殺島の殺人
目の前に遺体、手にはナイフ。犯人は、僕？——陸の孤島となった屋敷で始まる殺人劇。呪術師一族最後の末裔が、密室の謎に挑む！

堀内公太郎著
スクールカースト殺人教室
女王の下僕だった教師の死。保健室に届く密告の手紙。クラスの最底辺から悪魔誕生。もう誰も信じられない学園バトルロワイヤル！

町田そのこ著
コンビニ兄弟
—テンダネス門司港こがね村店—
魔性のフェロモンを持つ名物コンビニ店長（と兄）の元には、今日も悩みを抱えた人たちがやってくる。心温まるお仕事小説登場。

宮部みゆき著
小暮写眞館（I〜IV）
築三十三年の古びた写真館に住むことになった高校生、花菱英一。写真に秘められた物語を解き明かす、心温まる現代ミステリー。

三川みり著
龍ノ国幻想1
神欺く皇子
皇位を目指す皇子は、実は女！　一方、その身を偽り生き抜く者たち——命懸けの「嘘」で建国に挑む、男女逆転宮廷ファンタジー。

森晶麿著
チーズ屋マージュのとろける推理
東京、神楽坂のチーズ料理専門店。お客の悩みを最高の一皿で解決します。イケメンシェフとワケアリ店員の極上のグルメミステリ。

三田誠著

魔女推理
—嘘つき魔女が6度死ぬ—

記憶を失った少女。川で溺れた子ども。教会で起きた不審死。三つの死、それは「魔法」か「殺人」か。真実を知るのは「魔女」のみ。

吉上亮著
原作 Mika Pikazo/ARCH

RE:BEL ROBOTICA 0
-レベルロボチカ 0-

この想いは、バグじゃない——。2050年、現実(リアル)と仮想(バーチャル)が融合した超越現実(MR)社会。バグ少年とAI少女が〝空飛ぶ幽霊〟の謎を解く。

朝井リョウ著

何者
直木賞受賞

就活対策のため、拓人は同居人の光太郎や留学帰りの瑞月らと集まるようになるが——。戦後最年少の直木賞受賞作、遂に文庫化！

朱野帰子著

わたし、定時で帰ります。

絶対に定時で帰ると心に決めた会社員が、部下を潰すブラック上司に反旗を翻す！ 働き方に悩むすべての人に捧げる痛快お仕事小説。

芦沢央著

火のないところに煙は
静岡書店大賞受賞

神楽坂を舞台に怪談を書きませんか——。作家に届いた突然の依頼が、過去の怪異を呼び覚ます。ミステリと実話怪談の奇跡的融合！

足立紳著

それでも俺は、妻としたい

40歳を迎えてまだ売れない脚本家の俺。きっちり主夫をやっているのに働く妻はさせてくれない！ 爆笑夫婦純愛小説（ほぼ実録）。

伊坂幸太郎著　クジラアタマの王様

どう考えても絶体絶命だ。製菓会社に勤める岸が遭遇する不祥事、猛獣、そして――。現実の正体を看破するスリリングな長編小説！

伊与原 新著　月まで三キロ
新田次郎文学賞受賞

わたしもまだ、やり直せるだろうか――。まならない人生を月や雪が温かく照らし出す。科学の知が背中を押してくれる感涙の6編。

板倉俊之著　蟻　地　獄

異才芸人・板倉俊之が、転落人生から這い上がろうとする若者の姿を圧倒的筆力で描く、超弩級ノンストップ・エンタテインメント！

一條次郎著　ざんねんなスパイ

私は73歳の新人スパイ、コードネーム・ルーキー。市長を暗殺するはずが、友達になってしまった。鬼才によるユーモア・スパイ小説。

一木けい著　1ミリの後悔もない、はずがない
R-18文学賞読者賞受賞

誰にも言えない絶望を生きられたのは、桐原との日々があったから――。忘れられない恋が閃光のように突き抜ける、究極の恋愛小説。

市川憂人著　神とさざなみの密室

女子大生の凛が目覚めると、手首を縛られ、目の前には顔を焼かれた死体が……。一体誰が何のために？　究極の密室監禁サスペンス。

新潮文庫最新刊

畠中恵著
もういちど
若だんなが赤ん坊に!? でも、小さくなっても頭脳は同じ。子ども姿で事件を次々と解決！ 驚きと優しさあふれるシリーズ第20弾。

朱野帰子著
わたし、定時で帰ります。3
—仁義なき賃上げ闘争編—
生活残業の問題を解決するため、社員の給料アップを提案する東山結衣だが、社内政治に巻き込まれてしまう。大人気シリーズ第三弾。

門井慶喜著
地中の星
—東京初の地下鉄走る—
大隈重信や渋沢栄一を口説き、知識も経験もゼロから地下鉄を開業させた、実業家早川徳次の波瀾万丈の生涯。東京、ここから始まる。

古川日出男著
女たち三百人の裏切りの書
読売文学賞・野間文芸新人賞受賞
源氏物語が世に出回り百年あまり、紫式部が怨霊となって蘇る!? 嘘と欲望渦巻く、女たちの裏切りによる全く新しい源氏物語——。

望月諒子著
大絵画展
日本ミステリー文学大賞新人賞受賞
180億円で落札されたゴッホ『医師ガシェの肖像』。膨大な借金を負った荘介と茜は、絵画強奪を持ちかけられ……傑作美術ミステリー。

玉岡かおる著
帆神
—北前船を馳せた男・工楽松右衛門—
新田次郎文学賞・舟橋聖一文学賞受賞
日本中の船に俺の発明した帆をかけてみせる——。「松右衛門帆」を発明し、海運流通に革命を起こした工楽松右衛門を描く歴史長編。

新潮文庫最新刊

清水朔著
奇譚蒐集録
—鉄環の娘と来訪神（オトナイサマ）—
信州山間の秘村に伝わる十二年に一度の奇祭、首輪の少女と龍屋敷に籠められた少年の悲運。帝大講師が因習の謎を解く民俗学ミステリ！

喜友名トト著
だってバズりたいじゃないですか
恋人の死は、意図せず「感動の実話」として映画化され、〝バズった〟……切なさとエモさが止められない、SNS時代の青春小説！

川添愛著
聖者のかけら
聖フランチェスコの遺体が消失した——。特異な能力を有する修道士ベネディクトが大いなる謎に挑む。本格歴史ミステリ巨編。

角田光代・河野丈洋著
もう一杯だけ飲んで帰ろう。
西荻窪で焼鳥、新宿で蕎麦、中野で鮨、立石ではしご酒——。好きな店で好きな人と、飲む酒はうまい。夫婦の「外飲み」エッセイ！

森田真生著
計算する生命
河合隼雄学芸賞受賞
計算の歴史を古代まで遡り、先人の足跡を辿りながら、いつしか生命の根源に到達した独立研究者が提示する、新たな地平とは——。

ふかわりょう著
世の中と足並みがそろわない
強いこだわりと独特なぼやきに呆れつつ、くすりと共感してしまう。愛すべき「不器用すぎる芸人」ふかわりょうの歪（いびつ）で愉快な日常。

デザイン　川谷康久（川谷デザイン）

だってバズりたいじゃないですか

新潮文庫　き－51－2

令和五年十二月一日発行

著者　喜友名(きゆな)トト

発行者　佐藤隆信

発行所　株式会社新潮社

郵便番号　一六二―八七一一
東京都新宿区矢来町七一
電話　編集部(〇三)三二六六―五四四〇
　　　読者係(〇三)三二六六―五一一一
https://www.shinchosha.co.jp

価格はカバーに表示してあります。

乱丁・落丁本は、ご面倒ですが小社読者係宛ご送付ください。送料小社負担にてお取替えいたします。

印刷・錦明印刷株式会社　製本・錦明印刷株式会社
© Toto Kiyuna 2023 Printed in Japan
ISBN978-4-10-180276-3 C0193